U0130973

有的記得，有的忘了

周志文

My time is running out

and still

I have not sung

the true song

時間將盡

而我

還沒唱出

那首真正的歌

Leonard Cohen（1934-），*My time*

（序）
不安的居住
——我讀周志文《有的記得，有的忘了》

張瑞芬

周志文教授此人，用網路上的話來說，也太有才了。

就在我已經把他總結成〈冷熱人間貝多芬——論周志文散文〉一文（收入《荷塘雨聲》）後，他又寫了《冬夜繁星》、《黑暗咖啡廳的故事》和《有的記得，有的忘了》三本書。我看是看了，沒吱一聲，因為一直在困頓中，然而在這樣危疑潮濕的夜裡，空氣中浮動著不安，竟有了想說點什麼的衝動。

《有的記得，有的忘了》這種暗黑系散文，走過一座美麗的城市，看見的盡是憂傷的自己，樁樁件件，切切在心，但對別人有何意義，倒是難以言明的。我想起他在二〇一四年深秋《冬夜繁星》這本古典音樂札記的序文說的：「藝術一方面引領我們欣賞世上的優美，一方面帶領我們體會人間的悲苦」，「成熟的藝術都可能有陰暗和痛苦的一面，這些黑暗與痛苦是必要的，有了這些，世界才是立體與真實的」。看這書時，我正在前往上海的飛機上，快降落時往下看了一眼，虹橋機場光爆一般，閃瞎我的眼，我去進行一項救援家人任務，心中滿是憂傷。

直到兩年後的今日，我努力去回想坐在秋光閃耀的法租界公園水榭長廊下的光景，卻怎麼也想不真切。陽光從背後透出一點豐盈的色澤，把葉片鑲上了金邊，整株樹水粼粼閃動著流麗的時光。那些百年懸鈴木、玫瑰花床與圓拱型紫藤花棚，是那樣無知如秋風中的狐狸，它們沒有瀕臨破產與疾病的姐姐和姐夫，秋陽中無邪的招展著，我是你的，馴養我吧！

而我，只能是我。在虹井路一代移動，拿沃爾瑪當地標，等待著噩夢成真。一個不辨方位，不擅移動，眼瞎耳聾如深海盲鰻一般的高敏感生物，手機也瘸了，一支可笑到只剩拍照和傳微信功能的蝴蝶機，在地鐵旁星巴克努力撈一點微弱的WiFi上百度。濕冷的雨澆熄了我最後一點希望，我只能漂流在這城裡，泅泳著，保持不溺斃。地底那座大城我更加畏懼，十六線道的迷宮，人人都知道該往哪兒去，徐家匯美羅城櫃姐伶俐一眼就看出我無心買那美麗的淺紫兔毛帽，「是你要戴的嗎？」和八百五十元的標價，一秒把我逐出了那美麗新世界。是的我只是在等人，等待能把我從地鐵一端渡到城市彼岸的外甥。周志文新作《有的記得，有的忘了》中的〈楊兆玄〉，文中那個卑微穿著軍服向昔日同窗拉保險的小人物，努力掙扎著保住自己的尊嚴，一秒讓我想起兩年前濕淋淋滿身塵土的猥瑣。

〈楊兆玄〉這文寫得極好，「你這樣給錢，我不等於在討飯嗎？」一眼窺破了天機，挑出了神魔的交戰，生存與尊嚴繫於一線的難堪。這世界有陰暗和痛苦的一面，因之是立體與真實的，人人在琥珀的時間裡，不安的居住著。周志文《有的記得，有的忘了》，是記憶補遺，也是時光凝凍，我特愛看他敘述初二時留級或及長被辜負排擠等衰事，套句魯迅的話，「（我很感謝我的家道中落）那讓我明白了許多事」。這書又特別讓我想起張大春多年前的散文札記《尋人啟事》。這些錯身而過的陌生人，種種驚鴻一瞥的際遇，一半海水一半火焰的，熔蝕著我們破敗的肉身。小學同窗，初戀情史，軍旅同袍，同門師友，雞零狗碎沒一樣重要的，像人生。但若說人生像是破片的集成，我們充其量是陽春版三百片的簡易拼圖（幾句話就解決一生），他的是三萬片立體拼接加漸層處理色調柔和的典藏版。

周志文記憶力驚人，又特有專務細節的本事，他可以那樣鉅細靡遺的敘述半世紀前芝麻瑣事，這種正經的場合看見不正經事的本事，正如散文家木心所說，如杜斯妥也夫斯基上刑場，注意到行刑衛兵第三個銅釦生鏽了。白花花太陽底下看進暗巷裡，青黑色老宅子有瞌睡的心。這已經不叫於無疑處起疑了，應該叫做文學的陰陽眼。

這幾年我稍稍嘗到人生的苦楚，厭棄群體，抗拒成規，想看清楚自己和別人的道路時，愈發感覺身邊的圈子腐敗至極（這一點完全不需要中研院最近的新聞來提醒）。人至中年，好友折損，也開始感受到歲月侵逼的無情，看完這書，更加重了憂鬱指數，致有「人何寥落鬼何多」之感，堪與台大張以仁教授對他的「可惜」三嘆比肩了（要讓一個跟你共事多年的大老前後三次誠心誠意遺憾「可惜了」，那還真是可惜到破表，可惜到天生命定了）。周志文的「有的記得，有的忘了」，或應詮解為「有的記得」，只恨忘不掉；「有的忘了」，卻是忘了好。某些功成名就的部分「可惜了」，才成就了文學藝術這些沒用的。也或許只有寫作才能消解這種困惑，寫出來就兩清了，既不辜負往事，也安慰了自己。

《有的記得，有的忘了》中的篇章，只一、二文曾在副刊上披露，大部分都是未曾見過的，埋頭一氣讀下來，一抬頭天色不知啥時候都暗了，那感覺特別過癮。周志文慣常用一種閒閒說來無所用意的口吻講古，追索不完的塵封往事。文字是直白無所雕飾的，純淨如水，也沉默如水，看似不慍不火，但那種滿山遍野中埋著一根毒刺的不安分，常激得人恐慌症要發作。〈軍歌雜憶〉、〈手錶〉、〈情書〉、〈日本風〉、〈三個人〉、〈鰻魚〉、〈花生及其他〉都是閒人閒話，湖山煙雲的講古，宜雨天配土豆之用，作者芒鞋破缽踏遍，春雨樓頭尺八簫，何時歸看浙江潮，也不求什麼人理解一般。可並不是所有篇章都這樣淡定，《有的記得，有的忘了》裡有很大部分理念是和《同學少年》、《記憶之塔》緊密連結的。

例如從〈左派〉和〈啟蒙材料〉，可見作者的藝術傾向與哲學思辨，直如一匹自由自在轡頭拴不住的馬。〈探索〉談青春期的性啟蒙，揭出「看來乾淨的東西不見得那麼乾淨，看起來骯髒的東西也沒那麼骯髒」的意念，倒是〈巴比倫塔〉觸及了幼年記憶中深刻的一面。眷村老兵養鳥成癡，別人是投機牟利，在鳥瘟後全改了養雞做副業，福依民的父親則是不離不棄，把家中築成了層層疊疊巴比倫塔一般旋轉的高塔。房子就是籠子，這可有多驚悚。一秒讓我想起甘耀明《邦查女孩》裡玉里榮民療養院的老兵，一個個在國共內戰中壞掉的小錫兵。

壯志未酬，因傷殘疾，老人沉默的養著鳥兒，面對沉落下去的無聲夕陽。像Joan Baez那首反戰老歌*Where Have All the Flowers Gone?*（〈花兒都到哪兒去了？〉）這人生到頭來，人人下落不明，鳥兒又都到哪兒去了？〈巴比倫塔〉是人生不曾存在的聖殿，是魔界，也是隱晦難明的牢籠，可隨軍來台，幼時曾備嘗艱辛，流落鄉野的周志文，只淡淡一語收尾，問福依民父親為何養鳥，竟是「鳥給他的安慰比任何都要多呢。」

這種意在言外，波瀾不驚，真可謂典型周式風格。同此，《有的記得，有的忘了》中，〈山海之間——記淡江〉表面記述一個教與學的黃金年代，其實多有學術圈暗黑難言的隱晦；〈軍旅憶往〉歷數早年軍中見聞，當年假話說多了，對自己也說假話；這些年大家瘋狂揪伴的〈同學會〉，其實左不過是個表面熟悉，其實卻陌生不過的環境。〈體罰〉中的變態老師和旁觀他人痛苦而無感的鄉愿師長，〈養女〉中勢利將幼女推入火坑的父母。這人間的灰暗角落，積聚了多少塵土，卻很少出現在中文系的人亮堂的筆下。

當憤中遇到憤老，同一訓練背景，又同在東吳和台大上過課，周志文筆下的屈萬里、龍宇純、孔德成、鄭因百、張清徽老師，包括東吳的華仲麐老師，我多少都見識過。看著華仲麐老師栖栖惶惶幫學生找後門，卻屢屢中了陰招，不禁絕倒。正如周志文先前《記憶之塔》裡描述的，在學院的災難現場，「所有純潔的人，到了那裡都會變得不純潔，所有善良的人，到了那裡，由於要與人鬥爭，都要使自己不善良起來」。我博班時，曾見（當時還不是院士但已名望崇隆的）曾永義老師，午間醉醺醺從中研院（疑和孔德成餐敘）而來，言及被某小人欺凌氣憤填膺。當時年輕，惟呆若木雞耳。多年來，台大與中研院許多官學兩棲的黃藥師們，沒完沒了亦正亦邪的宮鬥戲碼，也印證了《記憶之塔》中說的：「台大從閻振興作校長之後，就與外面的政治環境掛勾甚深」。當年讀來心驚，現在則覺得貼切，現在是產官學三棲兼以思慮不周，要再作了解且本來就不正常，哪個更令人絕望一些？

周志文是愛樂成癡的，《冬夜繁星》足見其底蘊深厚。曾自稱對聲音的辨析能力比較好，也因此受盡苦難，如今負債成資產，外在環境雖不可為，但一碰到好的音樂，就覺得受苦是值得的。有趣的是，張愛玲〈談音樂〉說音樂是令人害怕的，尤其是交響樂那種安排布置，四下埋伏，「這樣有計畫的陰謀我害怕」。我最近讀到的三島由紀夫《小說家的休日時光》也說，所謂音樂，就像是站在人類內心黑暗深淵的邊緣上逗弄戲耍，「那種無形的東西朝我步步進逼，我會不安」、「音樂這種非具象的形式，帶給我異樣的恐懼」。

於是我們這種無法了解布拉姆斯或馬勒，素日亂聽一通的瘖啞人，終究有一個無法進入的作者的世界，包括《有的記得，有的忘了》這種怪怪書名。（是想逼死誰啊？文學書都已經夠難賣了好嗎？）

藝術是在欣賞者面前才告完成的。就衝著他不願在名銜前面冠以台大「名譽」教授，在名譽、講座、特聘帽子滿天飛（人人自稱優秀，自證傑出，彈性薪資，評鑑績優且包山包海）的時代，就堪稱白目的力量。世間就有周志文教授散文這種呆若木雞法，不動不驚的。近日我看臉書炫技也能集結成文，倒格外珍惜起老派文章之必要。不安的可以是內心，外觀且望之似木雞，其德全矣。

（本文作者為逢甲大學中文系教授）

目錄

巴比倫塔

我讀初中的某一段時候，羅東莫名其妙的興起了一陣養鳥風，這個風氣前後維持了一年，一年過後，又莫名其妙的消失了。直到我高中畢業，聽說又流行了一陣，但那次的狀況如何，因為我已離開，所以不很清楚，我記得的，是初中的那一次。

談起養鳥，得從福依民的父親說起。福依民是我初中時的同學，他父親很喜歡養鳥，認識他的人都以「鳥人」叫他，儘管鳥這動物大多可愛，但在傳統中文裡，用「鳥」這字還是有點不雅，但當時聽人這麼叫他卻沒有任何貶意。福依民跟我都是眷村子弟，我在讀初中之前不認識他，他住在羅東另一個名叫「鍾山新村」眷村裡，「鍾山新村」距離我們住的村子很遠，兩村子的人一向沒往來。

福依民是個小個子，膽子也小，成天像老鼠一樣，畏畏縮縮的。我讀初二時才知道班上有這號人物，他是後來轉學進來的，或是本來就讀我們這一班，現在全不記得了。以前人窮，初一時要做制服，都要求師傅把衣服盡量做大，要到讀初二時制服才會合身，但福依民讀初二時，穿的制服還是鬆垮垮的，比人家的大上一號，他似乎不會長似的。不僅如此，有次他數學沒考好，被綽號叫「火雞母」的女老師叫到台上挨打，他嚇得一邊哆嗦一邊哭，簡直跟女孩沒什麼兩樣，讓人覺得丟臉死了。但「火雞母」也不見得沒錯，考不好的大有人在，為什麼專找福依民的麻煩，想是他好欺負。我們班上有醫院院長的兒子，也有縣議員與鎮民代表的兒子，她敢打嗎？在我們眼中，老師一副道貌岸然，但專欺負弱者，其實勢利得厲害。

有一次福依民病了，還到學校來上課，據說鬧肚子，不時得上廁所。中午時分他父親來送便當，那時第四堂課還沒下課，他把一個用布巾包著的圓形搪瓷飯盒放在窗台上，請坐在旁邊的同學等會兒交給福依民，這是我第一次見到他父親。他父親同樣矮小，而且腿還有點瘸，走起路來一拐一拐的。別人的飯盒是長方形的，他的是圓的，打開布巾後發現搪瓷蓋上還印著花，他那飯盒就成了笑柄，初中時的男生特別喜歡笑人娘娘腔。

「你不舒服為什麼不請假算了？」吃午餐時我問他，他說：「沒有關係，已經快好了。」我看他飯盒裡盡是青菜蘿蔔，一點葷油都沒有，飯則是半乾半稀的，他說他已經吃了兩天這樣的飯了，他父親說這樣才能清腸胃。我問他是他母親做的吧，他搖頭說是他父親做的。

我跟他慢慢熟稔起來。有一天下課，他問我有沒有興趣到他家看鳥，我詫異的問：「看什麼鳥？」「十姐妹、文鳥、鸚鵡、鵪鶉，什麼都有。」他告訴我現在流行養鳥，他們村子幾乎每家都在養。我問是為了玩嗎？他笑著說只要養大了是會有人來收的，出的價錢不低，我才知道，家裡養鳥是為了賺外快。

我跟他走到鍾山新村，那是我第一次到那個地方。他們的村子好像比我住的要大些，大約有七、八十戶吧，前排與後排之間的道路沒有鋪水泥，有的地方撒了些黑色的煤渣，有的地方則還是泥巴地，剛下過雨，上面還有些小水窪，看起來有點亂。他們的家是邊間，他推開竹籬笆的門走進去，他們的眷舍比我們住的要寬敞一些，每家還可以用竹子或木板隔個小小的院子呢，這一點比我們顯得「氣派」多了。

他推開門，一時間真令我眼花撩亂，房間的四面牆上，疊放著一排排的鳥籠，籠子裡面有各式小鳥，有白有花，都在小小的籠子中又飛又跳，嘰嘰喳喳的叫著，像在演奏交響曲，熱鬧極了。他跟我介紹，白色翅膀帶花的是十姐妹，純白紅嘴的叫文鳥，文鳥如果羽毛色澤好，喙又紅得均勻，可以賣很高的錢，但這種鳥不好養，常在還沒把毛長周全的時候就死了。我問他哪種鳥比較好養，他說十姐妹，這種鳥叫做十姐妹，表示生得多又長得快，我問叫十姐妹，都得是母的嗎？他笑著說當然有公的，不然怎麼傳種接代？又說可惜這種鳥不很值錢，鳥也是「物以稀為貴」的呀。

「還有一種鳥，」他帶我到藍鸚鵡的籠子前面跟我說：「這種是小鸚鵡，不像十姐妹那麼會繁殖，但還算好照顧，比文鳥要好養許多。」我看到鸚鵡的籠子下面有幾排比較大的籠子，裡面養著茶褐色不大會跳的鳥，個子也比前面幾種大許多，我問他是鵪鶉嗎？他點點頭。他跟我說鵪鶉跟別的鳥不同是別的鳥買了去是供人觀賞的，「鵪鶉呢？」我問。

「鵪鶉主要是讓牠生蛋的，現在流行吃鵪鶉蛋，有人說比雞蛋鴨蛋要補，所以有人來買。一隻母鵪鶉頂多讓牠生三個月蛋，三個月之後牠生不多了，所生的蛋又變小了，就不讓牠生了。」

「不讓牠生了怎麼辦？」

「也有人來收的，可以殺了當鴿子肉賣。」

我看他們房子全當成養鳥場了，問他們睡哪裡？他帶我到後面的廚房，指著牆邊的一張雙人床，說他跟他父親就睡這裡，「你媽呢？」我問，「我沒有媽，你不知道呀？」他說。

我嚇了一跳，我從未來過他家，以前也沒問過他家裡的人，總以為他該有父有母的，也許還有兄弟姐妹，當我看到他與他父親共用的雙人床，才知道他們家只兩個人。我本來想問他母親怎麼了，但我跟他還不是那麼熟，有些話還不方便說，我只能問他父親呢，他說他也不知道，也許臨時出去了，「家裡有鳥走不遠，很快就會回家的。」他說。

那次我沒等他父親回來，就告辭回家了。

後來我跟福依民較熟了，才知道他母親在他讀小學時就病死了，他父親原來在台北兵工學校做教官，一次在跟學生講解地雷時，誤觸雷管而引起爆炸，幸好爆炸的規模小，只把他的大腿削去一塊，供教學的地雷只裝了雷管沒裝炸藥，否則一屋子的人都死光了，福依民說，也許他父親是因為妻子死了而不專心。他父親受傷後只得退伍，從此在家裡與他相依為命。他說他父親下來時成天鬱鬱寡歡，幸好興起了這陣養鳥風，讓他好像有了寄託。他說他父親在做教官的時候就在學校的宿舍養過鳥，「不過也不知道他是愛養鳥，或是為別的？」我問是為什麼，他說：「也許他是為了喜歡做鳥籠而養鳥的吧。」他說家裡的鳥籠都是他父親自己做的。

他說他父親喜歡用竹子木片做東西，這是他早年在家鄉養成的習慣，我問他們是哪裡人，他說是閩北山區的人，具體地方，我已記不得了。他說他父親劈竹子，只用一把平常的劈柴刀就成了，「劈得細還沒什麼，了不起的是他能把一根曬衣服用的長竹竿從頭劈到尾，碰到竹節也不會斷，而且前後還一樣粗細，有的細得跟鐵絲一樣，那才要工夫呢。」他說。我問他怎麼有這種手藝，他說他們家鄉以做鳥籠有名，每個人都會做的。我突然想起上學期我們工藝課做燈籠，期末交作業，福依民交的是一隻精細無比的兔子燈籠，腳底下還帶著輪子，輪子轉動時可以把兔子的眼睛帶著一眨一眨的，我隨即問他，那不是自己做的對不對？他笑著說：「當然，我怎麼做得出來！」

隔了半個多月，福依民又邀我到他家，說他們家來了隻會講話的八哥，要我去看。我說剛養就會說話了嗎？他說是隻老鳥，原來是他父親在台北養的，後來家門不幸再加上自己受傷，怕照顧不來，就送給兵工學校的同事養，現在時過境遷了，家裡又養了那麼多鳥，就把那隻老鳥「請」了回來。他說那八哥看到牠老主人，興奮得不得了，成天嘰哩呱啦的「說」個不停，除了以前教的，自己又學了些怪腔怪調的話，八哥真是個奇怪的鳥，他說。

我趕忙跟他去，推開他家的院子門，只見他父親在院子裡逗著那隻八哥，八哥嘴裡說著我聽不懂的話，他們看到福依民與我，兩眼緊盯著，暫時不發聲。福依民向他父親介紹我，我也叫一聲福伯伯好，福伯伯客氣的要我進去坐，這時我聽到一聲字正腔圓的「你好——，你好——」從鳥籠發出來，分明是那隻八哥說的，福伯伯用他略帶福州腔的國語說：「好乖呀小寶。」

他把那隻黑色的鳥叫做小寶，真令人好笑，但小寶確是很會說話，包括會叫自己小寶，問牠要不要吃東西，牠會說：「小寶吃過了、小寶吃過了。」清清楚楚，一點也不含混，令人聽了不得不驚奇。「小寶吃什麼？」福伯伯問，八哥說：「小寶吃小米、小寶吃小米。」單句重複，這是牠說話的特色。我聽過別的鳥說話，最多只說單字單詞，沒有像小寶一樣能說完整的一句的。福伯伯又問小寶：「小寶我問你，空戰英雄是誰？空戰英雄是誰？」小寶晃了一下頭說：「歐陽——，歐陽——」，福伯伯說：「小寶聰明，是歐陽漪棻，是歐陽漪棻。」那時是民國四十五年暑假的七月吧，台灣海峽剛發生了空戰，一位我們的空軍中尉叫歐陽漪棻的，開著F-84雷霆式戰鬥機，把對岸的兩架米格機擊落了，頓時成了空戰英雄，報紙、廣播都瘋得緊，成天是他的新聞，但滴棻兩字太難發音了，小寶只會說歐陽，對鳥來說，這也夠了。那天我在他們家待了很久，直到天要黑了才走。

在我第一次到過他家不久，那股奇怪的養鳥風也傳進我們村子，有一家養鳥，很快就有二家三家起而效尤，大概一個多月後，全村都能「處處聞啼鳥」了。我們村子的房舍比鍾山新村狹窄，多數人用搭建的違建來做鳥窩，很少養在自己住的屋裡。有些人本來養雞的，現在不養雞改養鳥了，紛紛把雞籠改成鳥籠。確實有鳥販蛋販定期來收購，據說獲利不菲。

但大約過了半年，一陣鳥瘟席捲而來，最早是十姐妹，起先什麼也不吃，不久就都站不穩了，全倒在鳥籠裡死了，速度快得很。十姐妹死光後，文鳥也染了病，起先也是不吃喝，站在那兒看著牠白羽漸漸變暗，紅色的喙與爪，也慢慢變成乾褐色的，就知道也都要蒙主寵召了。幾家人從鳥行買來粉藥，說摻進飼料中給鳥吃，可以治的，但鳥一病根本不肯進食，所以沒有用。後來又有一種說是從日本進口的水藥，說用滴管滴進鳥嘴就有效，但是不是有效不知道，因為太貴了，一瓶小小帶滴管的滴劑，比幾籠鳥還貴，再加上滴不滴得進鳥嘴也沒把握，大家不捨得買，終於大多數文鳥也死了。

這種生物上的浩劫一度讓眷村陷入低潮，沒鳥聲的眷村，好像比以前寂寥許多。但隔了一陣，又聽得到一些婉轉的鳥啼聲了，幾隻沒被浩劫劫去的鳥繁衍了後代，據說這批新鳥有特殊的抵抗力，可以抗拒以前的鳥瘟，先是文鳥，後是十姐妹，不久村裡又是一片春眠不覺曉的景象，好像又恢復了生機。

養鳥起先是為了賺錢，後來養下去，就有點爭勝的成分在內了，一籠新品種的鳥，會得到特殊的青睞。村裡就有一個退了伍的副連長，人家叫他毛匪（應該是姓毛吧），最先養了幾隻翅膀帶細條黑紋的藍鸚鵡，頭是淺黃色的，身子比文鳥、十姐妹大些，但比一般鸚鵡要小很多。這種鳥專吃小米，不吃飼料，牠吃的小米還不是雜糧行買來的散裝小米，而是一大串的小米穗，要將它成串的吊在籠子一角，牠還喜歡啄食一種特殊的烏賊骨頭，據說吃了才能讓牠長好，這種新鳥很吸引人的目光。不久他又「引進」一種真正會「唱歌」的畫眉鳥，寶貝得不得了，絕不讓人去碰之外，甚至也不太讓人看。他的畫眉籠子一整天倒有半天是用藍布罩罩著，只有早上他會把布罩揭開，把籠子高掛在屋簷下。畫眉見到陽光又呼吸到早上的新鮮空氣，一陣高興，就會引吭高歌，叫聲不但美妙，還有特殊的節奏，拿來跟文鳥與十姐妹比，就確實高明許多，像歌劇女高音與一般流行歌手，當然是高下立判了。後來有人探聽，說毛匪的鳥是從鍾山新村的一家專門養鳥處「引進」的，我聽了就覺得應該是福依民的爸爸。我後來與福依民不同班了，但還在一個學校，是見得到面的，心想可以問他，但一到學校又忘了。

日子在平緩中進行，海峽偶有空戰，也是我方勝算的多，但勝多了，便也視為當然，不太引起注意了。其他日子，好像都沒什麼特別，然而仔細觀察的話，暗中也是有點變化的。先說村中的養鳥事業，那群劫後餘生的鳥又有了後代，牠們不但沒有染病，而且健康又多子，不論文鳥、十姐妹，一隻母鳥一「期」會下十幾個蛋，一窩就最少能孵出至少十隻幼鳥，簡直把養鳥人樂壞了。但到後來慢慢發覺，這樣「鳥丁」興旺也不見得是好消息，首先是飼料費漲價了，再加上鳥越養越多，收購價卻越來越低，最後弄到還不到以前的三分之一。加減乘除之後，養鳥不但沒有利潤，而且賠錢，再說眷村是住人的地方，不管你如何注意清潔，養鳥也有臭味，弄到最後，大家都不想養了。

在這個時候，討論最多的不是如何增產，而是如何把手頭的鳥兒「放生」出去。說是放生，其實就是讓那些鳥兒死亡，大家都知道，這些人養出來的鳥，既不會覓食，也不會保命，一到大自然，只有死路一條。但不放怎麼辦？毫無進項又食指浩繁，一個退伍的老士官說，我們當兵的沒有殺過人麼？要幾個鳥死，還不忍心嗎？他並沒有真殺，只是把一籠籠的鳥當眾往外放了出去。那是一個大晴天，剛放出去的那群傻鳥，還不知道自己死到臨頭，有的飛到屋簷，有的飛到曬衣服的竹竿上，也有的飛到小灌木上，都吱吱喳喳又蹦蹦跳跳的，高興得不得了，不知道鷂子山鷹早在稍高的空中等著了，牠們的下落可以想像。

後來一家家的放，只有毛匪的那籠小鸚鵡與畫眉還在養。早上他把關畫眉的籠子掛在屋簷，畫眉的歌聲還一樣婉轉，但沒了眾鳥喧囂作陪襯，再好的叫聲也覺得孤寂。

村裡又恢復了以往的養雞副業。正好當時流行養兩種從外國引進的雞種，一種叫來亨雞，另種叫洛島紅，來亨雞渾身白毛，洛島紅又叫蘆花雞，是黑白麻花，都可以長得比土雞要大要快，生的蛋尤其好吃。眷村是個不強調記憶的地方，當大家沉醉在養雞的樂趣中，就把不久前養鳥的不快忘了個乾淨。

一次我不知道是什麼機緣又遇到福依民，我問他們家還在養鳥嗎？他沒怎麼說，只顧著帶我到他家，原來他們家還是養滿了鳥，讓我驚訝的是，他父親在這一年中把他們家的鳥籠「重建」，除了四周留了人的走道，細木條與竹籤編成的鳥籠幾乎把整個眷舍給填滿了。福依民指它問我：「你說，像不像巴比倫空中花園？」

我一看，果真有點像，我們外國史教科書中有那個畫像。這個跟屋子一樣大的鳥籠，外型像一個旋轉的高塔，與巴比倫塔不同的是這個塔是空的，裡面由各式樹枝撐著，樹枝站滿了鳥兒，有十姐妹，有文鳥，也有鸚鵡與鵪鶉，牠們相處的很好，叫聲中依舊充滿了喜悅。我問現在養鳥還有人來收購嗎？福依民說早就沒人來理他們了，他父親養鳥，純粹是興趣，「你不知道嗎？鳥給我父親的安慰比任何都要多呢。」他說。

有關鳥的事，我只能寫到這兒。我初三之後沒與福依民同班，便與他斷了音訊，當然那座耗盡心血所建的巴比倫塔與建造它的主人也沒了消息，所有人間的事物，都不可能永恆的。但我偶爾會想起那隻會叫空戰英雄名字的八哥，還有毛匪養的畫眉與鸚鵡，牠們與文鳥、十姐妹不同，都是長命的鳥，有的會活十幾年，有的據說還會活過二十年，牠們在世俗「鳥事」岑寂之後，應該還會活上很長的一段歲月，只是牠們是不是活了那麼久，又是怎麼活的，就像深山的花開花落，都令人很難想像了。

探索

讀初中（現在稱國中了）時，男生大約在十二歲到十五歲之間，正是生理上「積極」發育的時期。我的初中生涯比別人的漫長，因為我初二時曾留級，別人三年可讀完的初中我硬是讀了四年，這四年所遭受到的變化與打擊是極大的，最大的是對「性」的探索。

要知道當時的社會與學校，對「性」是一個很嚴密的禁制，家庭也一樣。我長大後透過翻譯讀了弗洛伊德的幾本性心理分析的重要著作，如《性學三論》、《圖騰與禁忌》（Sigmund Freud, 1856-1939: *Drei Abhandlungen zur Sexualtheorie; Totem und Tabu*）

等，才知道在一個宗教或禮教嚴密的社會，性是不斷受壓抑的，性總是與罪惡聯想在一起，但性是人類與所有生物生殖的天性，任你如何壓抑，只會潛伏，不會消失，潛伏的性欲變成潛意識，它會趁所有的機會冒出芽來的，只要禁制稍稍鬆懈，它就一會兒「嘉樹成蔭」了。克制與阻止，往往成為性犯罪的原因。

初二時學校規定要上「生理與衛生」這門課，這門課的第一冊的最後一章是介紹男女的生殖器官，課本上有那兩種不同器官的側面解剖圖。當時學校安排教「生理與衛生」的多是女老師，理由是醫院的護士不都是女的嗎？我已忘了沒留級前的那個「生理與衛生」是怎麼上的，只記得留級後也就是第二次上的那門課。派到教我們班上的是個害羞的家事老師，平常專教女生班，已不太敢開口了，我們男生都期待最後一章她該怎麼出洋相。想不到上課時她請了我們工藝老師來代課，當然是男的，他個子老高，有個很堂皇的姓，姓蔣，講話有四川或湖北口音。他上台就把課本甩在講桌上，衝著我們說，這事有什麼好講的？告訴你們，男人女人就像在戰場相對，男的總是提著槍衝鋒陷陣，女的咧，總是設計圈套，最後讓你棄甲曳兵而走，哈哈，女的是專門耍陰的，不然怎麼說女人是陰性呢？他又說這事你們現在不懂，長大就都懂了。說完從袋子裡拿出一個電熨斗，當場教起我們要如何拆卸又裝配起來，是上次工藝課沒上完的，好在熨斗用得上電，裡面有陰極陽極，讓老師有扯不完的一語雙關，但都點到即止，沒什麼好聽的。可笑的是這位工藝老師不會念電熨斗，總是把它念做電「燙」斗，但大家懶得笑他，他讓我們對「生理與衛生」的期待徹底落空了。

學校讓我們希望落空的地方很多，這堂課的落空也就不算一回事。但他富啟示意味的話，什麼「提槍上場」、「衝鋒陷陣」、「棄甲曳兵而走」的，都意象鮮活，從此盤據在我們心中。別以為我們不知道，其實班上有兩個自稱早已讀過四書五經大全的男生，早已在下課的時候，把所有人渴望的知識傳授給大家了，只不過跟現在的廣告一樣，裡面總是穿插了不少誇張的部分。那兩位男生與我一樣是留級生，靠留級後的苦悶與自學，把那些盤根錯節的事兒摸得透熟，就是因為盤根錯節，才讓他們有馳騁口才、娓娓道來的機會呀。一個綽號叫做「性學大師」，一個叫做「金賽博士」，他們最輝煌的日子是，無論走到哪裡去，後面總跟著一群對性知識無比好奇的男性少年，把他們兩人當成肉體與精神的無上導師，像現在流行的密宗「仁波切」或「法王」一樣。

其實是來自同一的源頭，我們對異性的好奇與愛慕，是性荷爾蒙在作祟，只是我們不知道。但在少年時代，我對性與對愛情的了解是迥然不同的，一度覺得戀愛與性是兩回事，以為愛情是極為崇高的精神境界，在這個境界之中，所有有關交媾的性事都是極為低俗又骯髒的，性之有必要，在於性是生殖必經的過程，所以萬一有一個心儀的異性對象，應該把她擱在靈魂的最高位置，不該對她有任何一點性欲的想像，以為那是對她最大的玷辱。不知從哪兒聽到一句話，說這種戀愛叫做「柏拉圖式的戀愛」，柏拉圖是古代希臘的「三聖哲」之一，課本裡這麼說，為什麼這樣叫「柏拉圖式的戀愛」，卻不叫「蘇格拉底」或「亞里斯多德式的戀愛」？我不明白，大約他們三人之中，只有柏拉圖經歷過這種純精神不涉肉體的愛戀吧，當時我想。

增強這個思想的是我一個很親密的朋友，姓楊，他是我讀小學時候的同班同學，比我大了幾歲，我在讀初二之前也一直跟他同班，我後來留級就沒跟他同班了，我讀初三時他已讀高一，而且考上比我學校更好的學校。我讀高一時，他們家好像因颱風或者其他災變而毀了，臨時居處狹小，因而要求晚上到我家與我同住。我們平常各自上學，只有晚上，他吃完晚飯，又作好功課後到我的地方睡覺。我只有一張竹床，床上一頂軍隊的行軍蚊帳，簡陋得很，我們好像擠在這張床上「共眠」了兩個月。

他當時初信基督教，熱中得不得了，睡前必作禱告，而且一定要拉著我跟他一同作。祈禱的儀式我不陌生，因為我從小在各個教堂吃教化緣，入鄉隨俗，當然知道什麼叫著禱告。在我來說，祈禱就是跟上帝坦白交心，通常先說自己犯了什麼錯，請求主來赦免，如果沒犯錯，就得說感謝主的庇佑，萬幸沒有犯大錯，但如仔細想想，小錯還是有的，反正一切壞的歸己，好的歸主，不管說了什麼，最後一句一定是：「奉主基督的聖名，阿門。」這些詞語我早已滾瓜爛熟，難不倒我。但我這位同學的祈禱太長了，又過分誠實，有時聽了他祈禱，不像他說的得以安心入睡，反而令我輾轉反側，不能成眠。

他的懺悔，通常都在「色戒」方面。他在祈禱中會敘述他的犯罪過程，巨細靡遺的，起初令我觸目心驚，但聽久了，也萬變不離其宗的都在一件事務上打轉，也覺得有點膩了。譬如他看到心儀的「女友」（應該算是心儀的女性對象，不見得熟識的），就會想到要如何擁抱她、親吻她，如何在她耳旁說些別人聽不到的悄悄話，然後一步一步的加「深」動作，最後總會走到圖窮匕現的最不堪的地步。換句當時流行的黃話說吧，他是想跟眼前的這位女人「睡」了，反正下流至極，這在情色小說裡，可以說並不特殊，但有趣的是這些「限制級的」情節，是他在與上帝溝通時和盤托出的，在我印象中，除了法國盧騷《懺悔錄》之外，純屬罕見。

敘述雖然煽情，而主題卻是懺悔，他總把這件事的起因與結局搞到宗教上的罪惡有關。他對上帝說他犯錯了，他不該以這種方式來看待一位同樣奉主的教友（原來是教堂認識的），希望上帝能夠赦免他，或者責罰他，給他平靜與「聖潔」的生活，因為他這個有罪之身，是無法「純粹」事奉上帝等等的話，這樣冗長的上下交通，當然也在「奉主基督的聖名，阿門」的結語中完成。我覺得他的思想方式，有點杜斯妥也夫斯基在小說《罪與罰》或《卡拉馬助夫兄弟》裡人物的味道，做任何事都會想到觸犯宗教教條的可能，但他與杜斯妥也夫斯基的不同，在於杜的反省比較全面，而他的罪惡感僅限於性的方面。

我對他禱詞中說不該對同屬教友的女子想入非非很不以為然，當時想問他，對異性教友有性幻想是罪惡，對一般的人就不會嗎？這話沒問出口，因為他或許所愛慕的女子恰好是教友，說這話並沒有特殊的含意，但一次我真的問了他，說你要交女友，為什麼總要想得這麼不堪呢？他回答我說，男女談戀愛，最後總是落到在性器官上打轉，「你知道嗎？不管男女，那地方是用來屙屎撒尿的，要多髒就有多髒，在上面求歡樂，不都是骯髒又齷齪的嗎？」

表面上看不見得沒道理。我也一度想起，上帝造人的時候，為什麼把靈魂深處的愛戀，設計成這種與屎尿打渾戰的局面，真是匪夷所思呀。這個想法加深了性與骯髒的連結，再由骯髒聯想到罪惡，性即罪惡這一思想便產生了。我後來也聽到一位神父說過類似的話，原來這種想法，在宗教圈裡很普遍，一些勸人事主必須守貞，所基的理由大半也是這樣的。

但這個說法其實很不正確，也很不健康，要說骯髒，人的排泄物當然是髒的，但從臨床醫學的角度看，人身上任何部分都充滿了細菌，沒有一塊真正「乾淨」，我有一次問一位有名的直腸科醫生，他是專門診治人下身排泄器官的，成天與患者排泄物為伍，他說除了人死了做成標本，活著的人，沒一處不是髒的。

也就是說，在人身上，看起來乾淨的東西不見得那麼乾淨，而看起來骯髒的東西也沒那麼骯髒。人是大自然的一部分，凡俗與神奇其實結合得緊密，莊子說：「道在屎溺」，這叫做「每下愈況」，意思是最骯髒的地方也有大道至理存焉，其他人世間的修短、哀樂、美醜等等，莫不可如是觀。

後來我知道了，假如我真的得到了我夢寐以求的女神，把她供在靈魂的最高神龕，整天對她頂禮膜拜，不把她嚇死才怪。純粹的愛如果沒有性，那愛要如何傳達如何繼續呢？所以西方人把性事叫成做愛，是有道理的，愛尤其是男女之愛是可以透過性來完成，當然指的是有愛的性事，而非沒有愛意的性事了。

當然，知道或熟悉這種事，是自己成年之後了，正如那位姓蔣的工藝老師說的，人生的一些事要到活到了才能了然的，在此之前，好像只有迷惘，任你如何探索，也是枉然。

情書

我「情竇初開」是在第二次讀初二將升初三的年紀，比起其他男孩算是要晚些了。那年暑假，我被學校選為童子軍全國大露營的代表，就利用暑假在學校集訓，正巧除了男的一小隊（大約十人）之外，還有女童軍一小隊，兩隊受訓時是在一塊的。集訓的時候碰上救國團有太平山（雪山山脈的支脈）的登山活動，選了我們學校當出發地，第一天有個始業式的歡迎晚會，救國團有自己的節目，不過也禮貌的請我們學校支援，學校把腦筋動在我們童軍團上，分給我們的是一個童軍舞，還有一個是在開幕的時候代表學校致歡迎詞。

可能蜀中無大將吧，負責的老師把重任交給我，命我寫一篇「熱情洋溢」的歡迎詞，又在女童軍中找了個姓M的女生，打算讓她到時上台唸出。我一看這女生，長相斯文，面孔白晳，說起話來十分溫柔好聽，才知道選她唸稿是有道理的，便嘔心瀝血的寫了一篇駢四儷六，一方面振聾發聵一方面也笑死人的「大作」，堆砌了一大群自己都不見得認得的罕用字，一副語不驚人死不休的樣子，現在看來，肉麻極了又可鄙極了，但想歷史上的司馬相如、揚雄當年大約也都如此。

可能因為裡面有太多難字了，她練習的時候須不時問我，無形拉近了我與她的距離。這個「合作」經驗令我想入非非，隔了幾天，M就此成了我初戀的對象，變成我每思及一事都會悠然出現的人影，當然都是「柏拉圖」式的。

我受此激盪，深埋的感情突然如決堤之水，一有空閒就寫東西。我當年看了不少言情小說，都是當紅作家的二流作品，以比較嚴格的文學標準來衡量，都是輕飄飄不夠成熟的，但我那時沒有辨別的能力，有的話也很差。我心中積累了許多莫名其妙的文字，卻苦無顯露的機會，借著這次思慕，我不斷在紙上塗鴉，當然不再是歡迎詞，而是熱情的寄託，再加上我自以為是的處理感情的方式，都是見光死的獨白，從來沒有給人看過。不久我母親去世，全國大露營我無法參加，我記得M曾隨著要出發的童軍團到我們家來祭弔過，其他就一無所知了。母親的死使我陷入更大的孤獨，沒事時只得塗鴉。

M自致歡迎詞之後，沒再跟我講過一句話。她也許根本不認識我，我後來塗鴉的文字全部為她而寫，卻也沒勇氣給她一看，心裡面不斷湧出許多奇文妙句，真如古人說的：「文章本天成，妙手偶得之」，但古人的文章有人看，我的連自己看了都害羞，只有一張張的寫，一張張的揉又撕的，最後都毀棄不見了，有的埋在心中，最後都「悶燒」得不剩任何痕跡了。

不久升上初三，跟我同班的一位叫詹國雄的再度相遇，他在小學四年級時就跟我同班過，後來據說舉家北遷，到台北待過一段時日，到初三時又轉回故鄉學校，竟然又跟我同班，我想我留過級，他豈不也留過級，否則怎麼會還是初三呢？這事我不好問，只能放在心裡。詹國雄是有名的男高音，有副人人稱羨的好嗓子，他成績不好，但因會唱歌說話，屢被選為學校代表，參加縣裡各項比賽，不論唱歌、演講都得過名次，所以是個紅人。當時演講比賽不像現在的，現在的演講比賽比賽前要抽題，輪到上台要自編自說，所以有點像作文比賽，要說出有理有「內容」的東西，不光是國語標準就成了，而當時的演講比賽都是先規定了題目，請人先寫好了講稿，到時「背」出來即可。

我沒幫詹國雄寫過講稿，但為他寫過別的，講稿大約是老師寫的。有一段時候，他幾乎天天黏著我，求我做他的「代筆」，要我幫他寫情書。

詹國雄因為經常上台，很注意自己的外表，他稱那個叫「台風」，他五官俊美，身體強壯，他說他在台北曾經「練過」，在我們要求之下，他往往彎腰頓足，使力憋氣，擺出一個健美先生的樣子，把胸腔下方的六塊肌與背部的三角肌顯示給我們看。他的缺點是個子老是長不高，我們後來讀高中的時候，他說過千萬不該在初中的時候就練習舉重雙槓之類的運動，舉重把人壓著長不高，我們問雙槓呢，他說雙槓是練胸肌與臂肌，上身練得太好也會把人「壓」下去的，聽起來不無道理。但我後來常到他家，見過他所有的家人，都是胖胖矮矮如一個模子灌出來似的，他父親在天主教堂打雜跑腿，媽媽則帶著妹妹在菜市場賣豆腐，父親稍瘦，但媽媽妹妹與他都渾圓矮胖，足見個子高低屬天生的居多，無須嘆惋其他。不過這都是閒話，正事是我幫他寫情書的事。

他那時有許多異性崇拜者（當時還沒「粉絲」這稱呼），但都不獲他青睞，唯一讓他「靈魂牽絆」、「時時不已」（他的用語）的，是一個綽號叫做「白梅」的同年級女生。經他指點，我遠遠看過這位女生，比別人稍白，長相其實一般，不知他為何為之癲狂。他央我幫他寫情書，而且限定要寫滿三張以上的字數，才能表示他的誠意，我說這種東西，當然得自己寫，但他說他不會寫文章，勉強寫就「玷辱」了她。這話有點莫名其妙，自己寫的會玷辱，請人代筆的卻不會玷辱，明明是一場騙局呀，但奇怪的是我當時抵制不住他苦苦的哀求，竟然答應幫他寫了，誰叫他是我從小就認識的好朋友呢。我平常對自己的事往往猶豫遲疑，但這一次卻「渾身解數」的豁了出去，我用了一個晚上，在他特別提供的信紙上洋洋灑灑的寫了上千言，把藏在心中多少不敢用的字句都用上了，有點像寫黃色小說，自己看了都臉紅心跳的，反正署的名是他，看他敢不敢用。

隔了兩天，詹國雄說寄出去了，此後「我們」便耐性的等她回應。我在校園還幾次見到過白梅，她老是牽著一個比較黑的女生走路，當時女生好朋友喜歡牽手而行，沒有什麼同性戀、異性戀的觀念。那個被白梅牽著手的女孩我後來知道她的綽號叫「黑松」，跟白梅是同班，白梅與黑松正巧是當時兩種汽水的牌子，黑松長得確實沒白梅的好，乾乾瘦瘦的，兩人在一起時，人的眼光自然會落到白梅身上。

我在期待白梅收到信時的反應，在那封給她的信之中，華麗得近乎矯飾的修辭、重疊的句法以及綿密的情思，我認為收到的人不可能不被打動的，要是被激怒，也有可能。她也許喜歡，也許羞愧，也許會有其他莫名其妙的感情，「我們」沒機會去問她，但她如果懷著異樣的心情，即使日常在校園散步之中，總也可以讓人發覺的，我想。然而下課後，好幾次她還是牽著黑松的手在校園走過，心中的喜怒哀樂，好像一點都沒顯露。上午有四堂課，第二節下課，大家都有點餓了，而福利社後面的廚房，現蒸的包子與饅頭正好出爐，家道好的孩子，總會去買來吃，我發現白梅與黑松喜歡吃零食，經常上福利社，她們買了包子會在福利社一角吃，吃完後她們才踏著快樂又飽滿的步伐一起快步上課去，不像很多孩子一邊走一邊吃的不優雅。接著幾天，她們行止正常，一點都沒有異樣。

一天詹國雄告訴我，有回信來了，我說什麼？他說有白梅的信，我要他給我看，他不肯，說這牽涉了一個女人的「隱私」，是不可以給別人看的，但他把信的內容告訴了我，說她的心被我的情意激出了「漣漪」，而且感佩我信中文筆的優美，我一定被這份虛榮所感，答應再幫他「回」一封信。

第二封信寫得比第一封信更長，似乎更為開闔宏肆，心想應該有把已激起的漣漪鼓動成波瀾的可能。這封信寄出之後，我還盼望知道她收信後的反應，但已不如第一次的急切了。隔不久，詹國雄說又有了回音，好像可以「進一步」要約會見面的可能，想不到發展神速，但奇怪的是我在校園看到白梅與黑松還是一仍故往，一點沒有特殊的表情，白梅真是一個深藏不露的女生呀，當時我這麼想。

詹國雄自己沉醉在愛戀之中，卻不顧我的感受，這種行徑我很不以為然，他憑什麼要我幫他寫情書，卻不把對方的回信給我看？也許詹國雄是騙我，白梅可能根本沒回，或者回了信，內容是把他大罵了一通，並且抖出一些詹國雄不良的前科，在白梅那邊，詹國雄也許是個累犯色戒的壞傢伙呢，所以回信不敢讓我看。

我那時對男女的事可以說一竅不通，但屢次幫人寫作，卻也激起了自己更多的遐思與熱情，當時的心理狀況是，好像杯子裡盛滿甜甜的蜂蜜，再多一點就要溢出來了。一天我看到幾個月前令我夢魂牽引的M在校園獨步，突然意識到，白梅與黑松是跟她同班的，我既已寫了兩封洋洋灑灑的情書給了白梅，為何從沒想到也寫一封給M呢？給白梅的信是代筆，而我心中真正的「對象」是M呀，而且我在寫信給白梅時，心中模擬對象其實是M，只有M才使得我的信有真正的「動力」，這事以前我為什麼沒想到呢？

我對自己的行為深感可鄙，我已有好長一段時間沒想M了，至少沒有好好的想，總是被外界不斷的事務干擾，在此之前，M在我心中已重要了好幾月，現在卻受到冷落，我想起當時流行的一首名叫〈初戀女〉的歌，歌詞有點可笑，有句是：「終日我灌溉著玫瑰，卻讓幽蘭枯萎」，有點可以代表我的心情。那天我一回家就用盡我的生花妙筆，堆砌了更多莫名其妙的詞藻，寫了封比給白梅的信更長更肉麻的信，這在平時，我會覺得羞愧，也許連自己都不敢再看一遍，揉一揉就丟進字紙簍的，但我因屢屢幫詹國雄寫情書，使得我一時「色膽」大開，不再顧忌。她家的地址是我又早打聽出來了，千不該萬不該的是寫完了就投郵寄出，孤注一擲已無反悔餘地，我的狀況就等於小說中常說的「木已成舟」、「生米已成熟飯」了，只有耐心等對方的反應，不管心怡或心碎的，都得承受。

這樣悠忽度日，日子在焦慮與等待中過去。一天我從學校回家，突然發現桌上一封我的信，是當時少有的西式信封，一看寄信地址，是我日夜夢寐所至的地方，心中不禁怦然，奇怪的是信封上的字跡成熟又流利，難道M的字會寫得這麼好嗎？我用顫抖的手撕開信封，裡面有好幾張信紙呢，我迫不及待的看信，一看，我的心全涼了。信的起首是某某同學，我是M的母親……，到此我不願意看了，後來勉強看完，裡面很客氣的說我的信寫得很好，可見是一個進取的學生，但現在還在讀書階段，不應分心做與讀書無關的事，信中還有些鼓勵的話，但沒一句提到她的女兒，顯示我的信不會交給她看了。

我自受此「打擊」，對異性的交往，再也不敢抱有幻想了，高中三年，我幾乎沒有「心儀」的對象，我把所有精力放在閱讀上面，有一點逃避世事的味道。我青春期在這方面很萎縮，我對男女的感情，越發「柏拉圖」化，這是我收到M母親回我情書之後的結果。

想不到我上高一的時候，竟然與M同班，但我蹉跎歲月，在對她的感情上毫無進展。上學期結束，她因父親在外地工作，要全家搬去依親，以致要轉學了。我一直沒有跟她說過任何一句話，照說同學一起，有很多說話機會的，但我心裡「有鬼」，她在我心中有崇高的位置，想到說一般話也沒意思，也就刻意不說了。她是否感覺到我對她的情意，我並不知道，她臨走我傷心欲絕，卻不知該如何表示，最後也就柏拉圖化，將之放在最深的心底，不把它顯露出來。我後來發現，這就成了我日後處理或表達情感的正常「模式」，其實是很不正常的。

一生再也沒見過她了，後來聽到幾件有關的消息，都是斷斷續續的，拼不出全貌的，很多事是這樣的，錯過就斷無機會了。

倒是寫信給白梅的事還有下文。大約三十年前，我與一位小時的同學在路上遇見詹國雄，他拉我們到一家咖啡館小坐，他當時早已更名詹國風在電視台混，好像也沒混出太大的名堂，不過他不以為意，說話仍不很正經。那位同學也認得白梅，不知道為何談起詹國雄初三時追她的事，詹國雄很平淡的說白梅現在住在中崙，就在他的電視公司附近，他們常常見面的，又說白梅嫁的是個商場中人，相處得不是很好，他還大言不慚說白梅有點想「恢復」與他的感情，但他覺得她太老了，在他這一方已是「槁木死灰」。

我心裡罵他無恥，心裡也替白梅著急，千萬不要跟這位影視界娛樂圈的人瞎混亂搞，因為在他們眼中，再了不起的事，也終究是場戲呀，何況是婚外情呢。

後來談起初三時寫情書的事，他起初語帶支吾，有點不想說，在我逼問之下他才說，他說當年那些我寫的情書，他根本沒寄，我問他為什麼，他說他好像看了好幾遍，也不知道我說了些什麼，所以就不寄了，我問你當時說她回了信，而且央我又回了信的，他說，要你回信，是讓你覺得自己寫得還好，否則不是傷了你心嗎？要知道，所謂愛情，本身就是場騙局呀！

原來我最早的幾封情書，「結局」都如此悲慘，說起情竇初開的事，還真是不堪回首呢。

體罰

體罰指給受罰者身體受罰。表面是身體受罰，但也有精神層面的傷害，所有身體上的懲處，都有精神方面的含意的。

大概緣自古代的「肉刑」吧，所謂肉刑，是指讓受刑人身死或留下身體的殘缺。在中國肉刑共分五種，最輕的一種是在犯人臉上刺青，這在古時叫作「黥」，臉上刺了青很難消失，這犯罪的標記就永遠的跟隨這人，直到他死。還有「劓」，從字面就知是一種割除犯人鼻子的刑罰，「刖」是砍斷犯人腳，「宮」是除掉男人的生殖器，「大辟」則指砍他腦袋，乾脆連命都除了。

這些酷刑是緣自「以眼還眼、以牙還牙」的報復心態。「殺人者死」也許是對付殺人者最簡便的辦法，不過犯罪很複雜，簡約的方式不見得處理得了，譬如有「殺人償命」這句話，表面看似公平，但當他所殺不只一人，能否「償」得起便是問題了。還有殺人是有意而殺是過失而殺呢，也須分辨，而過失也分程度，不能一概而論。西漢有名的史學家司馬遷後被處以「宮刑」，便更莫名其妙了，他如犯的是「色戒」，得此刑罰尚有可說，而他只是在朝廷辯「李陵之冤」，挑戰了皇帝權威，怎麼說也不及此刑，可見「以眼還眼」的不可靠。

我說體罰可能緣自肉刑，是從懲罰者的心理角度來看的。懲罰者通常居於比較高的位置，認為受罰者所犯可以由其肉體上的創痛而得到平衡，一個人在路上挖了一擔土去，就叫他另擔一擔土來填平，「打你就是叫你另擔一擔土來。」這是我聽一位熱中體罰學生的老師說的。

他把問題簡單化又制式化了，但體罰都實施在地位懸殊的狀態下，也就是居上位的人才可以罰人，受罰者根本沒有辯解的機會，或者有機會也不知道如何辯解，只有自認「活該倒楣」。

我自幼失去父親，父親是否會打人，我不知道，但我母親是會打我的。母親是個身材矮小的弱女子，沒讀過書，不知道現代教育的理論，她服膺的是「棒頭出孝子」傳統那一套，認為父母打罵子女完全合情合理，而且打孩子是自己家的事，別人是不該管也管不著的。她打我的時候，下手總是很重，好像從不顧惜我是她所生，常常弄得我很痛，這是我記得的。

有時是因為淘氣，孩子總有淘氣的時候。但我記得我小時，並不是個頑皮的小孩，我很少跟別人打架，也很少跟別的男孩玩流行的遊戲，當時男孩喜歡打彈珠、丟橄欖子，都得在泥地上爬來滾去，還有一種甩紙牌的遊戲也是在泥地上玩，常弄得一身髒，我很少或者根本不玩，這緣於母親不准我玩，還有我的天性不太愛玩。有時在學校玩大隊人馬騎馬打仗的遊戲，四個人一組，兩組兵馬高速衝撞，相競把對方武士拉下馬背以算輸贏，這種遊戲天寒地凍時可以增加熱力，學校的男孩子特別愛玩。因為關係班上的榮辱，有時我不得不參加，但事後總記得把衣服弄乾淨才回家，也不記得母親因我在學校玩了什麼而責罰過我。

我母親失去了丈夫，手邊只有我一個男孩（她曾有其他男孩，不幸早死了），所以對我有很多期望，傳統中國寡母好像一向如此。她對我是不是「有出息」好像特別在乎，但她也很難把什麼叫做「有出息」說清楚。我想她說的有出息，是指我在一切方面都表現良好，讓她覺得有我這兒子很光彩，至少不丟她的臉、跌她的股。眷村人多，最喜歡跟人比，尤其我們寄居姐姐家，身分很特殊。其實我在學校的表現如何，母親並不清楚，還有表面上我還算「乖」，很順她的意，心理上的叛逆，是到高中之後才有，這一點她並不知道，因為那時候她已過世了。

母親在生氣之下打我，也常用手擰我，她做過粗工，擰人很痛。小時我跟她睡一張床，我尿床了，她必定打我，有時我先醒了，總是暫時用身體「摀」住墊被，期望她不會發現。有一次她伸腳過來，探到一片濕，嘴裡說：「這麼大了還，沒出息！」便用力將我踢下床，當然後來還加上一陣毒打，讓我一天都不好受。

有時在外與人發生過節，事情弄大了，大人會帶著小孩到別人家「告狀」，母親聽到別人說我的壞處時，往往不分青紅皂白當眾羞辱我，通常是一頓打，多數用手，或者看到附近有什麼可援之物，就不分青紅皂白的往我腦門或身上送過來，這時旁邊有別的大人，會大聲要我快跑，以免不測。母親的情緒起伏很大，她對我虧欠別人的很在意，尤其有旁人在側，她的反應總是過於強烈，她要「做規矩」給別人看，表示她對我的管教很嚴格，其實是面子問題，弱勢的人特別怕丟臉。

我對別人情緒的體察，總是慢人很多拍，在以女性為多的家庭中，這是很不利的。

在學校，我的遭遇也不很好，我在一般國民學校讀書的時候，當時老師多受過日本教育，認為體罰是很正常，除了打罵之外，老師會叫學生蹲跳或仰臥起坐，這些都是體育上的動作，說起來還有點強身的作用，但不當的體育，也是折磨。有的體罰則與健康背道而馳，就是要學生含粉筆頭，我記得有一位老師特別喜歡這樣，學生答不出問題，他會送上一塊粉筆頭讓學生含著，粉筆是滑石粉與石灰做的，有腐蝕作用，含在嘴裡當然不好，但那時的老師不管這些，學生也沒反抗的力量。

我在小學五年級時轉入一個軍用被服廠的子弟小學讀書，我二姐在廠裡服務，我轉到那學校，為的是學校的福利比較好，學雜費全免之外，還有免費的制服可領，但制服做得跟軍服沒什麼兩樣，要是現在，沒人想去穿它，而我們處在因陋就簡的時代，也就照穿不誤了。我剛轉進去的時候，學校的老師都是單身漢，只一個是女的，在低年級教唱遊，後來又來了一個女的，帶著一個比我還小的兒子，住在學校傳達室後面特別幫她隔出來的一個小房間。她的名字叫做吳志端，教我們的地理（當然還教別班的課，但教什麼我已不記得了），她怎樣教，教得好不好，老實說我一點印象也沒，唯一有印象的是有一次我不知犯了什麼錯，被她叫到辦公室挨她打。她用竹條抽打我，出手不輕，這在當時不算稀奇，體罰稀鬆平常，大家見怪不怪，弄得我們被打的人，也只得曲意忍受，不思反抗，因為反抗無用。

但這件事後來變得越發奇怪，是她以後在學校，只要碰見了我，必定不問理由的要罵我打我，後來變本加厲，我幾乎每天都要被她打一次，有時是「刷」我耳光（學校南京人多，南京人把「甩」字多唸成「刷」），有時是叫到辦公室用藤條或竹條「抽」我。問題是我從來不明就裡，我也許得罪過她，但一次得罪不該「禍延」那麼久吧。我後來得到學校所有同學的同情，一看到她來，哪怕是比我低班的，便忙著叫我名字，要我快躲，但學校很小，總會被她碰上。這事連續了兩三個月，到學期結束，她不教了，帶著兒子離開學校，我的噩夢才算告終。

隔了幾年，我已經讀中學了，輾轉知道她是個在婚姻上受了傷的人，帶著孩子到偏遠地區名不見經傳的小學校，為的是躲避，也許等到事情平復，便才離開，原來她在我身上施加的偏執行為，其實是她不幸身世的投射。但這事對我而言極不公平，在我一生造成的負面影響，簡直無法輕述。

其一是我長期被她責打，使我潛伏在極深處的某些原始的「根性」顯示出來了。她打我往往是重擊，特別是她因臨時遇到我，也許在教室，或在走廊，因事發突然無法準備「刑具」，只有用手來甩我耳光，她出手毫不留情，簡直是狠著命的打我，有時打到我臉頰與耳朵相連之處一陣酥麻，使我頭昏眼花的暫時失去知覺。我後來發現我好像有點變態，我似乎蠻喜歡那種酥麻的感覺，這使得我有時見到她來，明明可避也不見得要避，有點像吸毒的人，明知有害，卻止不了要吸它一口。這是我長大後才警覺到的危險，特別是閱讀了一些心理學的書之後，我性格中是不是有一種受虐的傾向呢？喜歡看人施暴，就算受害者是自己。這傾向有一種弔詭，受虐者往往會變成施虐者，但不論「施」與「受」都是受害的人，對受害者而言，這是命運，往往是身不由己，像昆蟲或小動物被捲入水中，完全無法抽身，只得隨漩渦而沉淪。

幸虧那施暴的吳老師一個學期之後離開了學校，我像經過了一場漫長的噩夢過後，終於醒來，醒來發現一切還好，我還是有孟子說的「不忍人之心」，也就是不忍心看到殘暴，也有「惻隱之心」，會體諒別人的悲苦，照聖人的說法是，我還是像常人一樣具有一個高尚人類的同情心，沒有成為變態。但這次經驗的另一影響，卻一直在我一生形成另一個陰影。

吳老師對我的體罰都是在公開場合進行的，有時在成群的同學面前，有時在辦公室，學生因為地位懸殊不敢過問，也許合理，而辦公室是全校老師所在的地方，包括校長、主任與我的導師幾乎都看到我受罰，一次又一次的，竟沒一個人對她的舉措表示置疑，更不要說為我路見不平、拔刀相助了。辦公室因責罰我而形成一片肅殺氣氛是可以想像的，但只要我離開「刑場」，裡面馬上就恢復了祥和，幾個老師又談笑風生起來，這是我親身體察出來的。

我從五年級到畢業，班導師都由同一位先生擔任，他平常常穿中山裝，以前在大陸雖做過軍人，卻是位學養很好的謙謙君子，課餘常跟我們講文學上的事。他有本從古書影印的《曹子建集》，有一次翻到曹植〈七步詩〉，跟我們講曹氏兄弟之間「本是同根生，相煎何太急」的故事。我曾寄望於他，想他也許會幫我處理我老是被打的事，譬如去問一下吳老師我究竟犯了什麼錯，要如何補救之類的，但他一次也沒提過。其實吳老師在辦公室責罰我，他都在「現場」目睹，然而事後他見到我，都洋洋如平常，好像從來沒發生任何事似的。

這事情影響了我，我後來一直認為，中國其實是個以鄉愿為主的病態社會，人與人只講關係，不講是非，人的同情，只講到與他有關的人身上，不是親人遇害，便沒人主持正義，萬一有人主持正義，也通常力道微弱，中國社會是一個偽善又沒有群體正義的地方。

這種感覺很不好，但從小跟著我，有一長段時期，它成為我對傳統文化與社會認識的基調。當然後來書讀多了，慢慢形成了變化，但要克服或改變這個認識，耗費了我極大的力氣，我後來對傳統文化價值的肯定，是從懷疑論入手的，這使得我的進步極為緩慢又充滿周折，我常想，假如我一生沒這個經歷該多好。

我大學畢業後到一個私立中學教書，這所學校開始很小，所收學生都是各校所剩餘的，資質不是很好，學校的老師求善心切，厲行「勤教嚴管」，體罰便是常態。

我後來仔細觀察，施體罰的教師其實對教育是外行的，以為嚴厲禁止能在各方面奏效。其實學生如果資質差，不會讀書，打了罵了不見得能管用，《中庸》上說：「人一能之己百之，人十能之己千之。」表面上是說笨人用笨工夫也能成功，其實書上說的話是自勉，而非拿來勉強他人用的，要求資質不好的人排除一切狠命苦讀，通常不會有什麼結果。其次學生德行上的偏差，是心理上的或認識上的問題，細心的教師要好好的體察，設法輔正，一味的打罵，只能收表面齊一的效果，不能達到真正感格化成的作用的，孔子就說過：「道之以政，齊之以刑，民免而無恥。」

我在體罰的環境中成長，後來任教時，也受學校影響，有時「不得不」也採取體罰的方式來對付學生（你不打，學生不「怕」你）。有一次學生畢業，閒談時我問三年之中沒被我「打」過的學生請舉手，發現竟然寥寥可數，當時我有些震撼，覺得自己太對不起他們了，又為自己的行為覺得傷感又無助。體罰的施者與受者，都像陷落在噩夢中人，非常想擺脫而總擺脫不了，這是它的困窘。

一個噩夢連連的晚上，我在夢境中處罰我的小女兒。她那時正在讀小學，是個很聰明又乖巧的女孩，不知為什麼，那次竟然「犯」上了我，理由為何，我不復記憶，夢中的我不得不對她施加體罰。我勢必打痛了她，讓她也動了氣的更不聽我使喚，對峙的僵局下，一陣羞辱感逼得我出手更重，我不自禁的甩出一記耳光，她被我打倒在地，她不再起來，我才知道，她竟然被我打死了。我在絕望的深淵中大呼大叫，終於被身旁的妻子搖醒，才知道，那只是個糟透了的夢。

我後來遇到衝動，便嘗試想起這個夢，只要想起它，我不穩的情緒總得以控制，千萬不要惹出自己無法負擔的錯啊，我提醒自己，我的情緒性格中可能藏有施虐的因子，從我自小被體罰不思逃避可以看出。幸好那場噩夢提醒了我的另一個良知，讓我及時覺醒不再沉淪下去。

日本風

台灣被日本統治過五十年，所以一般上了年紀的台灣人對日本有特殊的感情。中國人對日本也有特殊感情，中國人對日本感情以負面的為多，老一輩中國人身上的「國仇家恨」多因日本而起，而台灣人對日本的印象卻以正面的居多，這是怎麼搞的呢？

不是很好解釋。台灣被日本統治時，也是受盡壓迫，日本在台灣統治了五十年，先懷柔後高壓，一點空隙都不留給台灣人。在他們統治二十五年之後，日本在台灣採取嚴格的「日本化」政策，要求禁漢文漢語，規定台灣人必須取日本名字，從此台灣人都成為日本人了，但台灣的大官都是從日本派來，從未聽過有台灣人到日本去做過官；

日本在台灣普設「公學」，是為在台的日本人所設的，一般台灣人很難有入學的資格；最優秀的台灣人可以進大學醫科習醫，以圖造福鄉梓，但台灣人再優秀也不准讀政治、法律，因為政治與法律是為了要做官而讀的。日本雖把台灣劃入版圖，說是「大日本帝國」的一部分，但台灣的地位，從未與其他四島等量齊觀過，這是大家都心知肚明的。

台灣受盡壓榨，卻不念舊惡，這證明台灣人心胸很大，但也有一說，是我們台灣人人格卑弱，只適合做強權的順民，萬一有機會自主了，卻張眼四顧，看看有無好的順風車可搭，才是我們的本性。前年日本關東大海嘯，台灣彈丸之地，捐款卻是世界最多，這並不是由政府主導，完全是發自民間，也可見台灣民間慈善為懷的觀念極重，整體上言，這種善行的起心動念都極高貴，是不應做負面批評的。但也有人說，如果這大災難發生在同為東亞的朝鮮半島或越南，死的人也不少於此數，台灣的捐款會這麼多嗎？

一般而言，日本是一島國，其中之人不論觀察事務的方式、處理事務的方法，還有所具的人格氣象等，都與大陸國的人大異其趣。大致上說，大陸國的人比較「守經」，所謂守經即是守常道，做任何事都會搬出祖宗那一套標準來，所注意的也是所謂「永恆不變」的真理。但海島人卻不是如此，他們比較能夠「達變」，做任何事都要求採用一套全新的方式，在他們而言，世界上永恆的真理就是不斷的求新求變，至於應世的方法，則更變幻莫測，他們從不避諱「見人說人話、見鬼說鬼話」，所以大陸國的人適合做道德家或經學家，總是一成不變的，而海島國的人呢，則比較適合做商人或政治掮客。

一點都沒有褒貶的意思，道德家與商人，其實是各有好壞，也都是社會不可缺的。台灣是海島，也許在這一點與日本相近。海島與大陸最大的不同在於天氣與地質，海島的天然災害要比大陸多得多，所以住在海島上的人，都有得過且過的心理，地震海嘯，暴雨洪流，隨時都奪人性命，這使的海島上的人，都有點陰暗在心頭。四周的海也給他們帶來不少的機會，但不像土地那麼有保障，收穫不是一成不變的，住在島上的人都有一個認識，魚群來了就得盡快撒網，錯過了時機，就得餓肚子了。

所以海島的居民，比起大陸的來更活在當下，也更曉得變化求生。

下面我想談談台灣社會的日本風。我小時候在宜蘭鄉下，民風淳厚，跟一般中國人的傳統很像，父老動不動搬出「以前怎麼樣、以前怎麼樣」來教訓子弟，而父老所謂的以前，指的多是日據時代。依我看，當我小時的台灣社會，在父老的眼底已有江河日下之勢，但生活中的點點滴滴，仍保留有不少往日的遺風。

最大不同的是有關清潔衛生。日本人比中國人愛清潔，這是不可否認的事實。我在讀初中之前，整個羅東小鎮，規定每幾個月要有個清潔日，在清潔日是要舉辦清潔比賽的。當時一般家居簡陋，但不妨清潔，民眾喜歡把門板窗板整個拆下，先用草灰擦刷一過，再搬到小溪中用溪水沖洗乾淨，門窗的板子都沒上過漆，全是原木的色澤，卻多一塵不染。我住在以外省人居多的眷村，好像在這一點上有些跟不上，但時間久了，受到周圍風氣感格，也漸漸懂得愛乾淨起來，不只自家窗明几淨，連公眾行走的通道也有人掃了。

前面說過是要舉辦清潔比賽，有人負責到每家來檢查衛生，成績良好會在大門幫你貼上一張紅條紙，上面印著「最清潔」，稍差但基本合格的，會貼上一張粉紅的條子，上面只印著「清潔」兩字，要是不合格，就貼上一張印著「不清潔」三字的白色條子，而且規定要在期限內再行檢查，一直要你做到合格為止。門上被貼白條的人，看起來有點像給貼上了報喪條，在中國社會算很不吉利的，卻沒人敢撕掉，因為負責貼條子的是管區的警察，令人不敢造次，日據時代，警察的權力是很大的。

我在讀高一的時候，羅東依舊維持這個已演化成俗的「政策」，我還曾被學校選派作檢查員，到鎮上檢查過衛生，當然是會同警察與社工人員一起去的，我們學生只做記錄查核等比較不重要的工作。我記得分配給我的「管區」，正好是河對岸離我們住家不遠的妓女戶的區域，老實說那裡的場面會不很好看的，可以預期一定會碰到妓女與恩客一些不堪的事。但那些場所，得知第二天要檢查衛生，都會預先「清理門戶」，所以難堪的事我們一件都沒遇上。每間房子都被小心的整理得清潔整齊，合乎規定標準，讓檢查的人無法挑剔，最後只得在他們洗刷得很白淨的門框上貼上粉紅的認可貼紙。這一點，看出台灣民間守法精神根深柢固，很講細節，很多地方一絲不苟，與傳統中國人面對事情總是一副漫不經心的態度很不相同，我認為這是日本人留下的優良規矩。

到我讀完高中，好像這種優良的習俗便無疾而終了，當然這與家居設備已改善有關，譬如廚廁都慢慢現代化，當然帶來了以往沒有的方便與潔淨，無須再藉清潔日來清理了。但以往清潔日的活動，顯示的不只是清潔衛生，也顯示民眾精神相貫與團體意識，我平常不喜歡太強的集體意識，因為裡面總有強人所同的意味，然而有時候，聽到與我共同呼吸同一團空氣的人朝我微笑、對我說：「我們是同一國的」，那種感覺也很不錯。

說起日本風，必須提起聲音與語言。我小時候覺得台灣人在說台灣話或偶爾在說國語的時候，常會在語尾黏上一個「揑」的音，當時覺得是奇怪，但時間久了，也慢慢習慣。長大後有機會到日本，聽到日本人說話總是一邊點頭，一邊「揑」個不停，原來是一個讚嘆肯定的語末助詞，台灣人說話時也夾帶這個助詞，應該是受了日語的影響。

有一次我與朋友訪問廈門大學，接待我們的廈大教授邀我們到他家裡作客，那天我們談性特別高，一方面是因為所學接近，另方面是我們都可以用台語交談。平常我們說我們講的是「台語」，其實不算正確，因為台灣人是從閩南遷過去的，台語應該就是閩南語，廈大教授跟我們說的話沒什麼不同，很多語言的「幾微」之處，都能心領神會，所以顯得特別暢快。但當我們聊得十分歡暢的時候，客廳一架收音機不知怎麼的發出了大聲音，有點影響我們的談話，我們既用閩南語交談，我的一位朋友就跟主人用台語說請你把收音機關小一點吧，但說了兩三次，主人硬是不懂，後來比手劃腳才弄懂了。以後我們就討論起這段話了。

我的朋友在說收音機時是把它說成「拉機婀」這三個音，在台灣，我們沒人不知道是指的收音機，「拉機婀」這三個音是英文Radio的日本式發音，在日語之中，像這類的外文音譯多得很，台語受此影響，也把收音機叫作「拉機婀」，難怪廈大的教授不懂。後來我才想出，台語中有許多外來語是直襲日語而來，而日語又是他們硬用日式發音來唸外語的緣故，把彈簧Spring唸成「死不令故」、把番茄Tomato叫成「他媽多」，把小費Tip叫成「機卜」，還有一種是日文混上英文直接移植到日常的語言裡，譬如把

「死腦筋」叫成「阿殺媽孔骨利」，阿殺媽是日語「頭」的意思，而孔骨利則是英文混凝土Concrete的譯音（直譯應是「腦袋水泥做的」），這樣的例子，林林總總，不勝枚舉，像這樣的詞語，只存在於「台語」之中，真正的閩南語中是沒有的，因此，台語不見得全等於閩南語，至少從這個部分而言。

台灣的民間歌曲，也受日本影響，早期的台語歌曲，尤其是電影的插曲配樂，幾乎百分之九十是來自於日本。日本歌曲，慷慨激昂的情調不多，纏綿傷感、淒清孤涼是其特色，輕快的、壯烈的也有，但都寫得不好，好像日本人最適合在冷月孤松下獨自吟唱，敘述的是自己內心的不安與寂寞，還有走投無路的場景，以及失敗的愛情等等，反正越倒楣越無望，越能曲盡其情。台灣流行歌曲大多數從日本搬過來的，自然也是充滿了那種揮也揮不開的悲情。

早年台灣描寫孤女孤兒的歌特別多，五〇年代有一首在日本原叫〈花笠道中〉的輕快歌曲，是由當時一位少女歌手美空雲雀唱的，這首歌有了台語版，卻成了〈孤女的願望〉，內容成了描寫一個鄉村孤女要到大都市討生活的故事，第一段歌詞是：

請借問播田（種田）的田莊阿伯啊，

人塊（在）講繁華都市台北對叨（從哪兒）去，
阮（我）就是無依偎可憐的女兒，
自細漢（從小時）著來（就）離開父母的身邊，
雖然無人替阮安排將來代誌（事情），
阮想要來去都市做著女工度日子，
也通（也可以）來安慰自己心內的稀微（憂傷）。

這首歌由當時的一位很年幼、稱呼她名字前總得加上「小妹妹」三字的陳芬蘭來演唱，不知賺了多少收音機前人的眼淚。「內心的稀微」其實是大多數台灣人的心底的調子，在音樂上只要觸動這條心弦，沒有人不感動的。同樣由日本歌改成的如〈媽媽請你也保重〉，則是改成一個男孩到大都市（台北）奮鬥，不忘家鄉母親的故事。這類歌很多，多到不勝枚舉，連男女的戀情也是悲苦居多，很少暢快的。有人說這是由日本來的，也許對，但其實早期由台灣人自己寫的歌曲譬如〈孤戀花〉、〈望你早歸〉等的，或者如民謠，如〈六月茉莉〉、〈嘆五更〉等，也是充滿了悲苦情節的。台灣到底是島嶼，時空中充滿了不可知的變數，連帶也使得人覺得前面的道路的迂迴曲折，深不可測，不禁悲從中來，委屈一生，也許就是這個緣故。

日本民族性中有很多好例子，譬如刻苦耐勞，對事業的忠誠，還有許多地方的死心塌地，都令人嘖嘖稱奇。這些特性有些地方是受限於海島的緣故，有些則不是，形成了他們相當特殊的民族性格。日本人的自殺率高於其他民族，尤其是文學家，如芥川龍之介、三島由紀夫、川端康成等人好像都是自殺死的。這使人想到日本人的悲劇性格，他們表面喜歡熱鬧，其實自居幽獨，心情並不開朗。他們對生命好像有另一種體悟，是尋常人所難了解的，他們欣賞一種瞬息之間的美麗，就像櫻花，傾一年之久準備的花事，在短短盛開一場之後就立即消亡。日本人認為美麗存在於絕望之中，當決心離開，便對這世界一點也不加留戀，這就叫瀟灑。

台灣人在這方面卻很不同，我遇到死心塌地的台灣人不多，碰到阻礙比較會轉彎，也會講一般的「道理」，有悲劇情調，但真正悲劇的性格並不高，台灣人也比日本人喜歡體諒別人，顯得比較「善良」。與日本人比較起來，台灣人的「庸德之性」強些，審美意識不是那麼決絕，不是很喜歡走極端，與之相交，台灣人的表裡一致，比較沒有城府，不像一般日本人的冷峻，這一點來自於血緣的中國人性格。所以說台灣人在中國人之間也許有些特殊性，但在最深的性格內裡，還是道地的中國人呢。

養女

在我小時，台灣還有「養女」之風。

說到養女之風，得從傳統東方（中國、日本還有印度等地）重男輕女之習說起。傳統的東方是個農業社會，一家的生活仰仗勞力的居多，便形成了男性為主的文化，假如論智力，女人不輸男子，明代李卓吾（一五二七—一六〇二）就說過：「謂有男女則可，謂見有男女豈可乎？謂見有長短則可，謂男子之見盡長，女子之見盡短，又豈可乎？」簡單說來，男人比女人有力氣，便在家庭取得了較多的「發言權」，就好像後來在社會爭老大，出拳重的總是勝出機會多些。

當然不可一概而論，也有女人力氣比男人大的，社會權力、政治權力並不全靠拳頭爭來，但論起普遍權力，還是男人的天下，還有一個緣故，這是因為男性在生殖上面花的時間很少，女人負責懷孕，生了孩子還要哺乳，一般孩子，要兩三年才脫離乳抱，孔子說：「子生三年，然後免於父母之懷」，雖是父母都為育兒而盡力，其實盡力的是母親為多，三年已過，正要走出苦海，想不到男人又讓她懷上孩子，幾個下來，青春早逝，精力已亡，男的就「趁機」占據上人類權力的要路津。古時地方官吏不流行帶著妻眷上任，留女的在家護家養子，任男的光桿一條，到處胡搞，統治天下便沒了女人的份了。有人說，女人不是會耍些「陰」的，讓男的在自己的裙帶之間暈頭轉向嗎？當然可以，但這樣最多只是依附在權力之下，卻算不上是權力的本身。

這是傳統女子地位不彰的原因，當然是不對的，然而這項不對已存在了很久了。我少年時代的台灣社會，尤其在偏僻的東部，風氣相當閉塞，舉例而言，我剛進初中的時候，當時初中不是國民教育，學校招生是男生四班女生兩班，社會上男女的比例總相差不遠，為何初中學生比女生只是男生的一半呢？這便是重男輕女的觀念在作祟，這種狀況後來越為嚴重，到初三時，男生班還維持四班，而女生班只剩一班了，這是因為在三年中，女生紛紛輟學回家，有的出嫁，有的出外謀生養家了，到了上高中，高一四班新生，只一班是男女生的「混班」，其餘三班都是純男生班，可見女子的受教權被剝奪的厲害。

以前人很少鼓勵女子上學進修的，認為女孩無須受教育，因為婚嫁之後就是「人家」的人了，何必要培植她呢？高中三年，學生也是越變越少，到我們讀高三時，四班縮減為三班，只有我那班有三分之一的女生，其餘兩班都是男生，以比例來算，女生的人數，是高三學生總數的九分之一，其他九分之八都是男生，社會學家說，受教其實是權力的延伸，這一點都沒說錯的。

因為重男輕女，才有養女之風。養女有兩層意思，一層是童養媳，也就是讓家裡的小男孩早日找到來日配偶的對象，婚前家裡又多了個幫手，這叫兩全其美。媳婦早在家「養」著了，男孩再不肖，也不愁成不了家，這是大人的算計。另層意思是家中無女，領個女孩來養，稍稍長大，便當「下女」來使喚，也是兩宜之策。這兩層意義的養女，多來自比較辛苦的農村，他們生多了女孩，無力撫養，貧窮使人心硬，就算知道送出的女兒遭遇不會很好，也顧不得了。

假如養她的家庭，真把她當成家庭中的一分子，好好待她，也不見得是壞事。而養女的命運通常壞的居多，「養」她的父母，因為不是己出，常虐待她，她未來婚配的對象也因她出身低微而欺負她，就算終究完成嫁娶，可這種「意識形態」一直不去，一生不見得幸福。原本想讓她當下女使喚的，當然也不會給她太多福利，到家中無需下女或有其他需求的時候，總不能「空」養著她，常把她推入火坑了事。

其實是將她「賣」了，理由是我們平白養了她那麼多年，不能「轉讓」她嗎？賣她的人也往往義正辭嚴的。以前台灣社會「火坑」很多，酒家茶室那兒的人叫服務生，端茶送酒，表面上不服賤業，算比較「高級」的地方，其實並不清爽，比酒家茶室低下的便是娼寮妓館了。娼寮妓館早期還有公私之分，公娼必須由公家衛生機關檢查衛生，有問題還得強迫就醫，算是還有些保障，私娼則沒人管了，就任鴇兒剝削、保鑣肆虐，就連恩客也是蠻橫殘暴的居多，丟進裡面，賣的是皮肉錢，等到皮壞肉爛，就讓她自生自滅了。

我少年時的住家，隔一條河就是羅東被稱作「風化區」的區域（正式名稱該叫「妨礙風化區」，卻叫反了），裡面酒家茶室不少，其間還夾雜不少娼寮，有的是公娼，上面點著綠球的燈，大家叫它「綠燈戶」（跟歐洲的紅燈正好相反），點著兩個燈的比點著一個燈的要高級些，一個燈都不點卻有人進出的，就是私娼，警察是要來掃蕩取締的。我因一個同學好友住在隔河的這一邊，偶去他家，便耳聞了此間的一些祕辛。

火坑裡待著的，大多有養女的身分，所以說起養女的故事，都是淚漣漣的居多。推那些女孩入火坑的，有的並不是養父母，而是女孩的親生父母，怎麼會這麼狠心呢？而確實是存在的，不少茶室裡的女孩，是由店裡跟女孩的家人達成協議而進來的，協議的理由多是金錢，我曾親眼見過這類的事。我少年時，一次到一個同學家去玩，他住在離小鎮不遠的鄉下，我剛到他家不久，就看到一個大約跟我們同年的少女衣衫不整的跑來要躲，說有壞人來「綁」她，我同學指示她藏到另一間房子裡，不久女孩的父母來問，我同學沒告訴他們真話。我永遠記得那瘦弱女孩悽楚又驚慌的表情，是我此後一生噩夢中常出現的畫面。當然這事只躲得過一時是躲不過一世的，我後來聽說女孩終究落入火坑，是她親生父母「賣」了她。這時我才知道書中的知識與道德不見得能救世上的一切愚昧，而在以道德為尚的儒家社會，其實也有很重的陰暗面。

我後來常想，道家以自然為尚，強調文明社會給人的悲哀比原始社會更甚，主張絕聖棄智，以恢復人類的原始。但自然並不見得盡如綿羊在大片草原吃草那般和諧的，事實是既有溫和的綿羊，就有想要吃綿羊的大野狼，自然中包含了一部分暴力與凶殘，假如接受洪荒，就得忍受洪荒中的一切。雄獅為求交配，會咬死母獅與其他公獅所生的幼獅，有些鳥類會在缺乏食物的時候啄死體弱的幼雛，以提供體格較壯雛鳥為食物，大野狼獵食綿羊就更屬當然了。為求生存，任何事都可以做，這叫弱肉強食，又叫做「叢林原則」。道家強調自然，對這些自然早有的叢林原則，又該採何種態度呢？

從養女之風，看到人類社會既存的一些不公平的事，才知道如果回歸原始的話，人不是那麼自由的，而尊嚴與做人的權利（人權），都是文明發展到某一境界才意識到的，並不是現成的、好端端原本擺在那兒的。人如不努力爭取尊嚴、不去努力爭取生的權利，那些都不會自來。

養女流行的時代已經過去，好像知道的人已不多了。到我大學畢業又過了很久之後，好像政府立法廢止了公娼制度，社會還引起了一場取名叫「日日春」的運動，要為娼妓爭取「生存」的權利呢。當時不叫她們為娼妓，而稱她們為「性工作者」，從工作神聖的角度看，你總不能因取締某些罪犯而斷了已習慣此工作的眾姐妹的生路呀，就好像有人乘計程車犯罪，總不能讓所有計程車都停業，他們的口號好像也言之有理。

我聽說我故鄉的那些公私娼寮，在我讀大學之後就紛紛歇業了，並不是人們的良心發現，人間不再有悲劇，而是社會的生態已變，新興的都市有了新興的娛樂與犯罪的方式，可能更為好玩也更為殘忍，舊的便遭淘汰了。這世界本來就是這樣，有喜劇，自然免不了有悲劇。

把養女與娼妓聯想在一起，也犯了以偏概全的謬誤，因為養女不見得都從此業，而娼妓也不見得都出身養女，她們都是悲哀時代的悲哀故事中人罷了。也有養女被送到好家庭，後來一路平順，生活幸福的，就更值得珍惜了。我後來在中學教書，在學校認識了一位女同事，她大學外文系畢業，在學校教英語，舉止言談都極明亮開朗，有一次她告訴我她是養女「出身」，讓我嚇了一跳。

她說她父母家是佃農，上面連生了幾個姐姐，到生她實在無法養活，便送人當養女了。她又說還好她養父母原在小鎮經商，有個男孩，本想依照當地習俗，早招進門做童養媳的，但男孩不幸在沒長大時死了，夫婦後來只她一個小孩，生活久了，產生了感情，而經濟也很寬裕，看她會讀書也培植她，後來考上師範大學，便做起老師來。因為遭遇不壞，親父母與養父母始終保持往來，「我同時有兩對疼我的父母，是不是很幸福呢？」她說。

聽來是個另外的故事了，也有一片風景的，畫面和煦又美麗。怎麼說呢？只有說人的命運是各自不同的吧。

有關軍歌的雜憶

我在讀中學之前，住在軍眷區，記憶中有關軍中的事務不少。譬如鄰家主人由金門調防馬祖了，某個人由上尉「升」少校了，當時金門、馬祖是前線，做軍人的在前線風險高，所以大家都很在乎，軍中又很講階級，聽說作戰不聽高階的指揮調度，是可給當場處死的，所以對軍階的高低也很敏感。而我住的眷區，好像「風水」不是很好，一直到傳統的眷村「解體」為止，最高的官似乎只到陸軍中校階段，再上好像就沒了。不過我後來知道，上校以上，算是軍中比較高的軍階，假如真能升上去，就有機會搬到更好一些的宿舍去，我們這簡陋的眷區就配不上他的身分了，然而在我們住的地方，好像從沒有碰上因升官而改配宿舍那麼好的事，至少我記憶中沒有。

我讀高中的時候，因我二姐夫被選派進入三軍大學受訓（他那時是陸軍步兵中校，步兵與砲兵在陸軍算是「正科」，要想做總司令的出身總在此兩科，他自己與我們全家都認為他從此青雲有望），因為他上課的關係，家裡突然多了一堆有關軍事作戰的書籍，我常有機會翻看。其中最有名的是由德國軍事專家克勞塞維茨寫的《戰爭論》，我記得這本書好像就是三軍大學出的，封面三字是蔣中正以正楷所題，是他們學校規定必讀的書。但後來我才知道，三軍大學號稱大學，其實是體制外的，幾個月的修業期間也不長，嚴格算來只是個補習班，那些理論的書也沒人好好教，當然也沒人真正的好好的去讀它了。不久落我手中，我把它大致看過一遍，印象還算深。

克勞塞維茨（Karl von Clausewitz, 1780-1831）是德國人，他認為戰爭是政治的延伸，政治達成不了的目的由戰爭來達成，而戰爭有三個要素，第一是消滅敵人軍隊，第二是占領敵國領土，第三是瓦解敵人意志而讓他自動請降，三者孰先孰後，得看形勢來決定，反正戰爭的目的在給敵方嘗盡各種苦頭，而給自己享受各種福利。有趣的是克勞塞維茨說起這些話來，一點也不扭捏作態，完全是堂而皇之的有話直說。他屢屢強調軍人的意志與勇氣，也就是說，軍人就是為克敵而生的，為了克敵制勝，可以採用任何手段，這手段沒有卑鄙或神聖之分，不像我後來讀到的《孫子兵法》，講戰略戰術的比較少，講謀略的部分比較多，《孫子兵法》講戰爭最高境界是「不戰而屈人之兵」，照克勞塞維茨的說法，那不是他要討論的，孫子所言，在他看來是政治手段而不是真正的戰爭了。

姐夫還有不少軍事雜誌，裡面介紹歐美先進的武器，黑白印刷的，文字之外，往往加上構造圖例，包括軍機軍艦，坦克大砲，巨細靡遺，頗能開人耳目。上面還有戰史的介紹，有關戰術應用，戰略布局等等，都是決定勝敗的關鍵，這些文字我尤喜歡看。雜誌所載有時涉及戰爭的祕聞，譬如二次大戰末期，同盟國聯軍想要掩飾將在諾曼第登陸消息，特別製造要在義大利北部某地登陸的假象，事先尋到一飛機海上失事男子，把他密投到法國南岸，假裝為最高當局傳達命令的信差，皮包有加密檔案指明將登陸地點，打算擾亂納粹對情勢的判斷。為配合「情境」，男子皮夾中上還有他的身分證、兵籍卡、女友的來信與合照，以及與女友觀劇的票根等等，反正一切假造，卻都弄成真的一樣，為了讓對方落入我的圈套，這叫做「欺敵」。結果納粹果被騙，將英吉利海峽對岸的諾曼第防軍主力他調，而當時在法國北岸的德軍指揮官隆美爾元帥又輕敵，跑回家休假去了，終於弄出一九四四年六月六日聯軍在諾曼第搶灘登陸成功的事件，此後一年納粹兵敗如山倒，終到全軍覆沒不可收拾的地步。

那些書籍，對我姐夫而言並不重要，他似乎很少看它，對我而言，卻成了相當寶貝的東西。原因是那時是我個人正處在知識飢餓的時代，碰到什麼都想找來讀，再加上那些書籍所記載的知識，與我平日的見聞很不相同，我平時常讀的文學作品，總把戰爭描寫成邪惡，把殺戮描寫成殘忍，但在軍事書中卻反覆強調殺戮的重要、戰爭的正當性等的，處處透露出了一種奇特的氣勢，是我從來沒有接觸過的經驗。那時候，「以酷為美」的美學觀點還沒有形成（我想西方「以酷為美」是形成在美國作家楚門．卡波提的《冷血》（Truman Capote, 1924-1984: *In Cold Blood*）之後，已接近七〇年代了），跟後來流行的比較，我高中時代的美學觀點，真是浪漫又太「溫情」了一點，所以一接觸那些描述戰爭的文字，便像冷水澆背一樣，覺得其中有一種特殊的力道與「密度」，值得一探。

另外四周的氣氛讓你不得不注意戰爭。我在讀高一的時候，也就是一九五八年秋天，剛一開學，就發生了金門的八二三砲戰。我們住在宜蘭鄉下，好像離「戰場」很遠，但台灣實施徵兵制度，每個男子都是要服兵役的，戰爭讓徵兵的含意更「實落」又複雜了一些，原來當兵不是嘻嘻哈哈的事。鄉下每有一男子被徵去當兵，往往全村親友要去送行，要命的是那些送行活動還保留著一些日據時代儀式的風格，送行的人往往製作了長條白布條，上面寫了送某某出征等字樣，白幡處處，看起來跟出殯沒兩樣，喪氣得很，加上「戰場」也真不時有傷亡的消息傳回，送行之旅就變成死別的樣貌，不時傳出婦女呼天搶地的哭聲，真是別一番滋味。

暗中傳出共匪拿下金門之後，接著要揮兵東來「血洗台灣」，奇怪的是當時談到對岸的凶殘，往往用「血洗」兩字，是用他們的血嗎？當然不是，那當然是用我們的了，聽起來怪不舒服的。隔了半年，共軍又進入西藏，把達賴喇嘛一幫人都趕到印度去了，用的手段，不見得平和。台灣東邊就是太平洋，我們沒有印度可逃，早年有首〈保衛大台灣〉的歌，歌詞最後是：「我們已經無路可退，只有勇敢向前。」這歌唱了兩年就不准唱了，歌詞有點無奈，又透露出一點蒼涼的意味，可能是原因，台灣本來就危險，而這歌讓島上的不安的氣氛就更加濃了。

不安是事實，但不能老是不安下去，總要想些理由來鼓舞自己，讓自己覺得一來自己有與對方一搏的本錢，再來，勝負也不見得全由表面來看，自己不一定是輸的一方，而且歷史有不少以寡擊眾而獲勝的典例。「毋忘在莒」是老總統蔣先生喜歡用的成語，而且把它寫成斗大的字，刻石在金門太武山上，含意就是要學習歷史上田單以火牛陣在莒存齊、以寡擊眾的故事。但春秋時的田單對大眾而言確實太遙遠了，無法與現實產生關連，「毋忘在莒」四個字讀錯的人不少，做學生的，剛開始都常把它唸成「『母』忘在『宮』」呢。

田單的事是真的，歷史上確實發生過一些以少勝多、以小搏大的故事，但照統計來看，小的要跟大的打，還是輸的層面較多。殺雞無須用牛刀，因為雞太小了，但殺牛則萬萬不能用殺雞的刀，殺不死之外還無關痛癢，可見大小之勢還是存在的，而且往往是關鍵，如果不是，歷史那群人幹麼想盡一切去爭霸稱強呢。

但我們聽一些大人說，台灣雖小而獨據一方，也無須那麼悲觀，首先四周有海洋護著，敵人想「越雷池」並不容易。以第二次大戰美國對日本的越島攻擊戰略來看，要想攻下一個海島，須有比海島多過五倍到七倍兵力火力，方能一試，因為海島易守難攻，當時對岸海空軍無此能力，也沒有「二砲」導彈，所以我們相對安全。還有台灣當時有外援可恃，跟美國簽訂了安全防禦條約，在台北有美軍顧問團與美國駐台的協防司令部，儘管「歷史」證明這些安全的屏障其實是假象，帶礪山河的盟約也隨時可撕毀，不過誰能看得那麼遠呢？

可能是想鼓舞士氣的緣故，學校一度規定要教唱軍歌。教音樂的老師是學正統音樂的，往往拒絕教，她（教音樂的通常是女老師）的理由是音樂課本裡沒有那些歌，軍訓教官給的歌本也不是五線譜寫的，又沒有鋼琴伴奏的部分，「乾唱」有毀音樂課的形象。弄到後來只有靠軍訓教官自己來教，但教官是軍人，本身常常五音不全，其實也沒法教，拖了一陣，教唱軍歌的事也就淡下去了。然而學校在課間休息的時候，常放些軍歌軍樂的唱片，主其事者常說，是讓校園充滿了戰鬥的氣息。但軍歌曲調通常不耐聽，可以反覆放的其實不多，有時拿出一些美國的軍樂唱片來放，便振奮人心多了。

我記的最常聽到的是一個美國作曲家蘇薩（John Philip Sousa, 1854-1932）所寫的〈永遠的星條旗〉（The Stars and Stripes Forever）還有也是他寫的〈雷神進行曲〉（The Thunderer），銅管與鼓聲齊鳴，旋律優美，節奏清晰，真能「鼓動」人心。還有一個叫顧爾德的（Morton Gould, 1913-1996），也寫了不少在美國戶喻人曉的進行曲，這些進行曲由於常播，我們聽久了，也都耳熟能詳了。但後來想到，所謂「星條旗」不是美國的國旗嗎？我們幹麼要歌頌人家的國旗呀？在進行曲的領域上，我們成了美國的一部分了。

還有美國海軍的〈起錨歌〉以及由南方民歌〈狄西蘭〉（Dixieland）改編的軍樂，都是這類。後來有一部叫《桂河大橋》的電影上映，那部片子是個大製作，明星有亞歷．堅尼斯、威廉．荷頓等，拍好參加奧斯卡電影獎，得了最佳影片、最佳男主角、最佳導演還有很多有「最佳」稱號的金像獎，成了當年最熱門的電影。由於故事是描寫二次大戰泰緬邊境日軍俘虜營的故事，算是一部戰爭片，上初中的男生熱血初升，對之興趣特高。片中一首主題曲，原是由英軍俘虜用口哨吹出來的，這主題先經口哨吹出，慢慢的加入鼓點與和聲，最後加進了整套的銅管軍樂，變成一首氣勢磅礴的進行曲，演奏起來，好聽極了，當時所有人幾乎都能哼上幾句的，也不管是不是中了西方文化侵略的圈套。

造成外來軍樂在學校流行，有一個原因是我們本身的軍歌都作得很差，那時的軍歌唱片製作簡陋，都是單一聲部的「齊唱」，連個合唱也做不到，旋律更談不上優美，配樂更不講究，再加上歌詞多荒唐幼稚，有時候跟童謠兒歌一樣，聽久了讓人不生厭很難。

有一條當時人人會唱的〈反共復國歌〉，又名〈國軍軍歌〉，是每個公營廣播電台開始播音時必先放送的歌曲，有些歌本上寫了歌詞是「總統訓詞」，可見重要，但我看應該不是蔣先生所寫的，歌詞是：

打倒俄寇，反共產，反共產；
消滅朱毛，殺漢奸，殺漢奸。
收復大陸，解救同胞，服從領袖，完成革命。
三民主義實行，中華民國復興。
中華復興，民國萬歲；
中華民國萬萬歲！

光開頭就是又「打」又「殺」的，真是粗暴得無以復加，加上歌曲也乏善可陳，真是一首很「壞」的歌，由於高掛著「總統訓詞」，也沒人敢置疑，現在想起來，還覺得那時代真夠荒涼的。中國人對聲音之美的追求從不用心，音樂在中國藝術占的比例從來不重，這是事實。比較起來，抗戰前後還有些不算太糟的「愛國歌曲」，「愛國歌曲」往往有軍歌的節奏，譬如〈中國不會亡〉（後來改名〈中國一定強〉了）、〈熱血歌〉等的，也常來當軍歌用，但國民政府遷台後，局面畢竟小了很多，連愛國歌曲與軍歌也很少有能振奮人心的。我每次在電視上看英國BBC的逍遙音樂會（Proms），閉幕典禮時老喜歡演出英國作曲家艾爾加（Edward W. Elgar, 1857-1934）所寫的〈威風凜凜進行曲〉（Pomp and Circumstance Marches），全場觀眾跟著台上樂團齊唱，如醉如狂的盛況，看多了，已有點心煩。但心裡會想，我們哪一天有像這樣的音樂，可以讓我們在大眾之間無憂無慮的歌唱，歌詞不是砍殺，也不是自怨自嘆，而是讚嘆我們生長土地的美麗，物產的富饒，人民心靈的充實，正如艾爾加那組進行曲中一首名叫〈希望與光榮的土地〉（Land of Hope and Glory）一樣，鼓動我們更高更大的心情，讓我們去愛國、愛人類的歌呢？

比起早期，我們好像更不注意音樂的作用，才弄得六十年來沒一首合格的愛國歌曲或軍歌，我記得歌詞中有「凌雲御風去，報國把志伸」的空軍軍歌就作得很好，歌詞典雅優美之外，歌曲也極有精神，確實能激發人的「凌雲壯志」，後來知道作曲者是劉雪庵（很多地方都把庵字寫成「厂」），他除了有這首〈空軍軍歌〉，還是〈長城謠〉與〈紅豆詞〉的作曲者，更膾炙人口的是後來成為鄧麗君招牌歌曲〈何日君再來〉，也是他在四〇年代所作，可見他能文能武，才幹不差，可惜他生在一個不珍惜音樂才華的中國。

提起中國現代軍歌不能不提〈黃埔軍校校歌〉，這首歌曲作於北伐時期，作曲者陳祖康原是共產黨員，歌詞是：

怒潮澎湃，黨旗飛舞，這是革命的黃埔，
主義須貫徹，紀律莫放鬆，預備做奮鬥的先鋒。
打條血路，領導被壓迫民眾，
攜著手，向前行，路不遠，莫要驚。
親愛精誠，繼續永守，
發揚吾校精神，發揚吾校精神！

這首歌在我一九六四年到成功嶺接受三個月預官暑訓時，還是我們的「陸軍軍歌」，每晚晚點名時要唱的，到過了兩年當我正式授階服役時，陸軍軍歌改成何志浩作詞的「風雲起，山河動」新版了，但我們唱慣老歌的，還是對老歌比較有感情，覺得新歌不夠味兒，雖然裡面的「黨旗飛舞」，還是黨國一體的舊思想，完全跟不上民主的時代。

當時成功嶺的軍訓十分辛苦，晚上床上一倒就睡著了，卻都蜷曲著身體不敢蓋棉被，因為第二天清早檢查內務時，那床摺成豆腐乾式的棉被是重點，所以大家都把它像佛像或祖宗牌位一樣的供在一邊，不敢去動它，好在既名暑訓，就知道天氣並不冷。暑訓過了一半，大家對環境熟了，對管我們長官的脾氣也摸準了，知道哪些會惹禍、哪些不會，也就慢慢的學會投機放肆起來。一個例子便是我們把〈陸軍軍歌〉偷偷改了詞，起初是暗地裡唱，後來日久頑生，非正式的公開場合也開玩笑的唱起來了，改了的歌詞是：

早晨起床，迷迷糊糊，穿錯別人的長褲，
不怕饅頭小，不怕豆漿稀，只怕中午出特別操。
找個機會，溜到福利社喝一碗綠豆湯，
抽根菸，談談天，不要緊，
大家一起，渾水摸魚，
擦槍我沒精神，發餉才有精神！

改了的歌詞不論句法、字數完全與「原作」一式一樣。這歌詞有的地方須要解釋。起床號一響，值星官還有各班的班長就用尖銳的哨音催人快起來，兵荒馬亂之下穿錯別人長褲是常有的。軍隊的早餐通常是豆漿饅頭，中午飯後有一段午休時間，內務沒整好的，便罰你在大太陽之下揮汗摺棉被，這叫出「特別操」，是最頭痛的折磨了。當時有福利社，裡面沒什麼可買，有各式汽水，還有冰鎮的綠豆湯，我們最常吃的是一種由台糖公司出的「鳳梨心」罐頭，這種罐頭是沒有標誌的，就是洋鐵皮銀白色的，上面連字都沒有。所有鳳梨中間都有一條很厚的纖維，平常一般人是切掉不吃的，台糖公司卻把它廢物利用製成罐頭，專賣給我們這群窮「阿兵哥」，冰鎮過的鳳梨心泡在一大罐糖水中間，也不難吃，大家都喜歡買來吃，其實是因為極便宜。

都是好久之前的事了，回憶時常雜了荒唐的感覺。一九九七到九八年，我在捷克布拉格的查理大學擔任客座教授，當時我國派駐捷克的代表是謝新平大使，有一次在旅行中與我談天談到，他也是預官十四期的，說起來跟我同期，我問他知不知道我們那期學生在成功嶺改軍歌的事，他說詳細不記得了，要我提示一下，我便唱那首改了詞的陸軍軍歌。起初他覺得陌生，有些狐疑的樣子，但不久便發現他臉上浮現了一些詭譎與興奮的色彩，當我唱到「大家一起，渾水摸魚」的時候，他突然記起來了，跟著我大聲唱：「擦槍我沒精神，發餉才有精神！」都好像又回到了青少年時代了。喜歡苦中作樂，起初怯生生的膽子都不夠大，但有變大的可能，生活中總雜有一些荒唐感的「存在」意識的，說起來，那便是我們的青春時代。

手錶

在以前物質不豐裕的年代，手錶是很昂貴的。

我記得民國四十年，我們剛在羅東住定不久，當時二姐夫在金門服役，可能剛升少校，隔了一年，他節餘了一整年薪津買了隻手錶回來。當年軍人的薪水偏低，陸軍少校，一個月也不過二十幾元新台幣而已。我記得姐夫的那隻錶是瑞士製品，上面用英文斜體寫著 Ogival，錶名中文翻成「愛其華」，標誌是一條跳起來的魚，錶殼是金色，錶面則是高雅無比的白底，指針與錶上的十二個刻度都鍍了金，而且還仔細的塗上了一層螢光，讓人晚上也看得出時間。

在我小時候，腕上有錶代表另一種生命的形態，那種生命型態不是我所熟悉的，但對它多少有些幻想與憧憬。到我讀高中時，已有些富裕家庭可以幫他們的子女買錶了，戴錶的人也多了，但我跟一些窮朋友，還沒有錶可戴。

我發覺手上有錶的同學，言行舉止總比沒有錶的人要多一份自信，尤其剛剛買了新錶的人，無時無刻不想看看現在是什麼時刻，有時只是自己看，有時也不忘炫耀，當他們看錶的時候，無論有人無人在旁，臉上都會流出無限自滿與得意的表情。

我想手錶之所以迷人，在於它表面上看是一種計時的「器具」，而其實更有含意，因為它計算的不是別的，而是時間，有什麼比時間更複雜又令人沉思的問題存在呢？

時間不像空間，裡面的東西「看」不見，因而讓人不發現它的存在，但其實是存在的，否則就沒有歷史了。而且我認為看起來不存在的存在比一眼就看穿的存在更為迷人，因為其中可探討的事情更多。圖畫與雕塑，都是空間的藝術，而音樂是時間的藝術，我們視力所及的往往是有限的，所以空間也有限，這一點不如時間的藝術，可啟發我們的想像幾乎是無限的。

我讀高中前後，一度迷上天文學，學校圖書館有關天文的書都被我借光了，有關行星的知識最令人神往，談起宇宙起源的事，就更複雜了，當時還沒有霍金（Stephen

Hawking, 1942-）的大爆炸理論，或者已有類似的，反正我看到的幾本書中也沒提到，但有趣的是，明明談的是宇宙空間的事，每本書都會談到時間的問題，而且牽涉關鍵，愛因斯坦的「相對論」更建構了新的統一場論，在裡面時間更是要素，其中牽涉到一個「因次」的問題。「因次」（Dimension）因次又譯為維度、量綱、次元等，「一個因次」就表示是由一個點延伸出去的線，「兩個因次」表示由一條線朝橫向延展的「面」，「三個因次」指的是有長寬高三層含意的空間，我們住的世界就是三個因次的地方。

這只是個純物理的討論，看起來實際，卻也不見得都「實際」，很多方面是靠「想像」出來的。為了說明方便，不如舉個例子看看：假如一個人生活在一個因次（或說是一度空間）內，他與「人群」的關係僅止於前後兩人，兩人前後就算還有別人，他也無法看到，因為他與「別人」只存在於一條線上。生活在兩個因次的人比較好了，因為他的世界是一個寬廣的表面，他不受一條單獨線條的局限，可以與前後左右的人往來了。

假如我們身上的感知器官是因我們的「因次」而設計，一因次人的視覺、聽覺與其他感覺器官都無法知曉前後兩人之外的「世界」到底是什麼模樣，可以說，他們的世界只有自己與前後兩人。同樣的。二因次人光有平面而沒有寬或高的觀念，他的感知無法超越平面，二因次世界的罪犯，只要在平面畫一圈圈把他關進去，他就乖乖的在其中，無法「越獄」，因為他不知道如何才可以越出困住他的圈圈。對我們生存在三因次的人來說，他們真笨得可以，你可以翻牆或挖地道出去呀，但他們絕不會的，因為在他們的「觀念」之中，是根本沒有上與下的，事實也不存在，這是他們真正困窘之所在。

這顯得我們生存在三因次世界的人比二因次世界的人聰明又幸福多了，不只圈圈關不住我，甚至銅牆鐵壁的監獄我們也逃得出去，所以現代的監獄要在天地四方共六面都造得更為結實。但這種聰明與幸福只是對二因次的人說罷了，我們的幸福其實有限，假如我們碰上另一個生活在四因次世界的人來說便也可憐得很。假如真有四因次空間的話，因為在他們世界，又多了一層名叫時間的「空間」，我們把一個四因次世界的犯人關在我們銅牆鐵壁的監獄中，卻料不到一秒鐘他就越獄了，他沒逃到你我了解的空間中去，而是逃到另一個時代，譬如逃到宋朝，去與蘇東坡喝酒去了，別忘了在他生存的空間裡是包括了「時間」一項的呀。

這是什麼跟什麼呀，都想到哪兒去了呀？對所有人而言，時間再簡單不過，莫過於到十二點吃午飯，到月底領薪水，到了晚上呢，手腿一擱，進入黑甜鄉去作我的李伯大夢啦，明明再簡單不過的，卻要提到因次這亂七八糟的事，這些事能否成立都有問題了，譬如誰真能逃到宋朝去呢，就算他能有辦法去，我就有辦法把他抓回來，不信試試看？根本沒有的事，提起來，豈不在自找麻煩？

但假如不考慮時間這因素，現代天文學很難講下去，但光是從物理學的角度談時間，時間便充滿複雜的含意，反正一下子也談不完，便回來談手錶這個東西吧。

手錶是個掛在手腕的計時機器，是機械做的，說起機械，也有不少可談。古人立竿為影，以見時間的移轉，所以也稱時間為光陰，即光中陰影的流動。把光影刻起度數，就分出分鐘與小時來了，把小時乘上倍數，則日、月、年也出來了，這是最早的時間觀念。我們由刻度光影「看」出時間，其實刻度並不是時間，真正的時間是看不見的。體貌的變化，其實是時間的另一種刻度，我們由它，知道什麼是過去，什麼是將來，因而體悟到生命中有關生老病死的道理。

一般人看錶，目的很簡單，只是要知道當時的確切時間罷了。以前的錶形狀變化很少，都是圓形薄片，由錶鍊拴在手上，手錶之前的懷錶也是圓形。當時還沒有直接顯示數字的數字錶，上面不可少的有時針分針，比較考究的錶才有秒針，有些錶的秒針不跟時針分針安在同一根錶軸上，而是有支獨立的秒針，當然比較短小，通常放在手錶中軸與6字之間。大約在六〇年代左右，考究的手錶上面所附帶有日期的顯示，叫「日曆錶」，後來又有一種日曆加星期的錶，上面的星期用英文簡寫如Sun、Mon等的，碰到星期天還會用紅字，當時的人都認為有星期帶日曆的錶新潮得不得了。

九〇年代，中國已有崛起之勢，西方錶廠多有進軍中國之意，名牌錶廠如江詩丹頓（Vacheron Constantin）、百達翡麗（Patek Philippe）都推出刻度上寫漢字「一、二、三」高級錶款，有些還是大寫漢字如壹、貳、叁等的，連星期幾也是漢字，很有設計感，索價極昂，認為在中國人身上會大賺一筆，我讀過一篇名設計師的文章，談到漢字的字形優美，是「新」發現的設計素材，即將成為世界設計市場的主流。但想不到多金的中國人都是崇洋媚外之徒，一看上面有中文都覺得是「山寨」所出，不肯下手。後來洋人都學乖了，都知道在中國人心中，洋文越多才越是好貨，就不再刻意的在商品上求「中國化」了。

早期的手錶與時鐘一樣，都是由能伸縮的「發條」儲備能量，由大小不一的齒輪推動錶面的長短針，所謂「發條」其實就是金屬條，把它捲緊了讓它慢慢釋放能量，它鬆了得趕快用旋紐把它旋緊，這工作叫做「上發條」，一般手錶上一次發條可維持三四十小時運轉。後來發明了一種無須上發條的錶，裡面有一個密封的「舵心」，只要手動，就可以旋轉它來發出能量，手錶的發條就成了過去式，大家叫它「自動錶」，所謂自動不是真的自動，假如放在抽屜，過了兩天也就停了。

大約七〇年代末期，人把「石英震盪」的觀念用在計時器上，因為石英震盪的頻率最密又最穩定，計時的功能比傳統錶件要準確許多，再加上簡單又廉價，「石英電子錶」就風行起來。戴石英電子錶不須上發條，也不須做甩手功，裝上一次電池可以「跑」上一兩年，再加上結構簡單，省掉了舵輪、發條還有游絲以及大量的大小齒輪，錶可以做得更薄更輕，戴在手上輕如無物。

這使得手錶變得十分低廉，它不再是富人炫耀的工具了。一個反社會主義的人說，電子錶對消除階級對立最有貢獻，當每個人都買得起手錶時，共產黨就垮了，因為缺少了鬥爭的對象，而主張社會主義的人說，電子錶的時代來臨，顯示共產主義已經實現了，因為經濟的公平已為可能。他們各執一詞，意見不見得全正確，但也有部分的真理。

共產主義的階級敵人並沒有消失，反而更加猖獗起來，因為不久之後傳統的錶業好像有重整勢力的樣子，一些大品牌的錶廠，如勞力士、亞米茄也出過考究些的石英電子錶，但大宗仍放在傳統機械錶上，而在錶業頂尖的小型錶廠，更推出一些特殊設計工藝繁複的機械錶，以吸引所謂金字塔頂端的愛好者。有一次我與女兒在微風廣場的宣傳單上，看到一隻訂價上台幣千萬的手錶，幾百萬的更多不勝數，女兒說廣告做得那麼大，一定有買主的，才知道這場計時器的世界革命尚未成功，或者永遠不會成功。

我在讀大一的時候，第一次有自己的錶。剛到台北時，我曾憑二姐的關係，借住在台北寧波西街的一個聯勤軍用服裝社裡，服裝社的騎樓下有一個退伍軍人擺攤，裡面賣些軍人的內衣褲、鞋襪之類的東西，偶爾也有些稀奇的「舶來品」，我的第一隻錶便是得之於此。那是隻要每天上法條的舊瑞士錶，當然是「二手」或「多手」的了，錶上的牌子是OLMA，我從未見過這種牌子，但還能走，也算準確，這隻錶從此陪我把荒唐的大學生涯混完，直到我在澎湖當兵才不知怎麼的把它弄掉了。

我自有自己的錶後，一切作息，都養成受它控制的習慣，我沒錢住校，大學四年都住在校外，有時要趕車，有時要步行，便得靠手錶提供正確時間。我讀大二的時候，跟兩位讀師大的同學在師大附近的龍泉街租房居住，兩位之中的一位是黃啟明，跟我同是宜蘭來的，算是「同鄉」，他與我在東吳中文系原來同班，升大二時去考師大地理系的插班考，考上就算師大生了。租的房子是間違章閣樓，通風很好，冬天冷得要死，連睡覺都得穿夾克，我們便把它取名「催衣小樓」，後來不住了，才知道自己淺陋得很，儒家不是有「解衣衣人、推食食人」的話嗎？何不改叫它「推衣小樓」呢？

有一次我在「催衣小樓」醒遲了，黃啟明與另一個同住的都到師大上課去了，屋子只剩我一人，當時我想今天東吳還有門考試，從師大騎車到外雙溪的東吳要一個小時以上，得趕快些。我平常有解下手錶睡覺的習慣，都將它放在枕邊，但那天要找卻無論何處找都找不到，枕下被中還有書桌上都沒有，後來慌了，一看手上的錶離考試已不到一小時，便下定決心不找了，就下樓匆匆跨上腳踏車朝士林狠命騎去。騎到中山北路三段快到圓山那兒，就在西班牙與阿根廷大使館附近，突然憬悟，我剛才在房中要找的是什麼呀，豈不是手錶嗎？正好端端的在我左手腕上呀。而且提醒我時間不早了不用再找它的，其實就是它，在那個時候，時間又讓我多了層困惑，不僅是三因次四因次的問題。

人類生活中帶著不少荒謬的因子，假如不意識到荒謬，荒謬便不存在，時間也一樣。斑馬鱷魚都沒意識到時間，時間對牠們便不存在，歷史也不存在，這樣的生活更單純，也許更符合道家對生活的憧憬。

時間有時顯示了詭祕又險惡的特性，不斷提示你手中握有的，只是暫時的握有，身上負擔的，也是暫時的負擔，到時候一定都得放下，一切由不得你。這些訊息，一隻小小的「計時器」其實都提供足了，不論叫它鐘叫它錶，它的動力是來自機械或電池。

啟蒙材料

我不算「文藝青年」，因為我在我的青年時代，沒寫過什麼具有「文藝腔」的文字。中學時我曾參加過學校、縣裡舉辦的論文競賽，也僥倖得過名次，但那些論文不比小說、詩，勉強算只能是散文，都以議論為主，沒有太大的文學氣息。雖是如此，我在從少年到青年的過程中，對於文學藝術與音樂，曾發狂的閱讀過、聆聽欣賞過，所得的一些東西，莫名其妙的累積在我的心中，想不到有一天也發揮了作用，我現在來談談。

我在一生「職場」上最後擔任的是大學中文系的教授，別人都會認為影響我最早最大的是中國文學經典，其實錯了。我讀初中的時候就讀了一些五四時代作家的文章，當然都很片面也很零碎，給我的印象是傳統中國文化是有種種問題的。等我讀了高中，慢慢的讀多了，把《胡適文存》也讀了，他批評中國文化的許多缺點，在我心中產生了影響。有一次又讀了吳稚暉的雜文，其中一篇談中外廁所的文章令我印象深刻，他說上中國廁所總得掩鼻，而在歐洲上廁所卻是享受，他們的白瓷馬桶乾淨得可以在上面「打麵」（揉麵），反正在機械與物質文明上，歐洲是如何如何的發達，在中國是如何如何的落後，這源於中國自古是如何如何的輕視知識，而歐洲人自古是如何如何的重視知識……我把這些零碎又片面的所得放在心中，對中國傳統就抱著一種輕鄙又懷疑的態度，我也讀過《孟子》，他是中國歷史上罕見的英雄式人物，我在孟子身上得到了反抗精神。

在我年輕的時候，因為苦悶，閱讀了大量歐洲的文學作品，當然都是透過翻譯，其中以舊俄與法國的作品為多，也讀了不少英國文學經典，多以小說為主。大學雖讀的是中文系，我卻對如何思考產生了興趣，一度想轉讀哲學，後來功敗垂成，是因為自己放棄了。我發現自己有一個根深柢固的毛病，我在閱讀文學作品時總抱著很強的理性，但在讀理論書的時候，又常會止不住感情，偶爾還會神馳物外，這是很糟糕的，這使得我往往能體會這種哲學思考產生的因素及作用，卻不容易進入這個哲學純粹理論的核心。

我既有這個毛病，讀哲學也不見得適合，就因循的待在中文系了，這是因為中文系比較自由，說透了是比較好混。

生活中我還有一個習慣是聽音樂，這個習慣跟著我將近一生。小時候環境壞，沒有聽音樂的條件，但我會找音樂來聽，這純粹是天性，不是勉強得來。我對聲音的辨析能力比較好，有關聲音的記憶也好些，但這項「能力」也使我受盡苦難，因為在我們的世界，不諧和的噪音永遠比諧和的音樂要多。然而一碰到好的音樂，就覺得受到那麼多的苦難都是值得的了。

我又有一段時候沉迷在繪畫的世界，少年時期因為畫畫得好，受美術老師的賞識，一度想做個畫家，後來也放棄了，但對美術的喜好一直在心中，一有機會就找有關的書與畫冊來看。我讀台大研究所的時候，一度為查考資料須進故宮的圖書館，我在閱讀我所找的材料之外，還「趁便」讀了許多館藏的美術叢書，故宮有許多美術史的資料，尤其是世界各大博物館、美術館的出版品蒐羅最豐。書中許多有偉大特質的畫作，激起我有關於我與宇宙之間無盡的幻想，我曾自以為對十九世紀在歐洲進行的印象主義有點心得（當然是愚不可及的），心想也許可以用畢生之力用中文寫一部印象主義史的書，這類的書在西洋可是汗牛充棟，而在中國卻沒有呀。

當然都是幻想罷了。我的「本業」是中文，說實在，我在上面也下了不少工夫，我從少年、青年一直到今天，仍然保持著某些閱讀的習慣，就是好書不限中外。我在音樂與美術的啟蒙應該是西方的，文學好像也是，但那些材料並沒阻礙我在中國學問上的追求，多數還很有幫助呢。譬如談起西方的印象主義，它是西方近現代美術理論家族樹（Family Tree）的主幹部分，二十世紀其他的流派幾乎都算是它的延伸，而印象主義是受到許多東方藝術理論的影響的，而所謂的東方藝術理論又多源自我們中國，我就是因為讀了許多印象派的畫冊，才從故宮「不惜重資」的搬了部《故宮名畫三百種》的大部頭書回家，從此謝赫、范寬以及揚州八怪也入我眼中了。

有時西方也能印證中國。我讀初唐陳子昂的〈登幽州臺歌〉時，覺得四周一無憑藉，再簡單不過的四句，我翻盡我的語彙，好像都不能幫別人解釋周愜。一天晚上，我讀莎士比亞，李爾王說：「你是誰？能告訴我，我是誰嗎？」（Who is it that can tell me who I am?）李爾王陷入強烈的孤獨感之中，那是一種完全無所依傍的孤獨感，使自己都懷疑起甚至不信自己的存在了。還有哪些囉嗦的話、哪些嚴謹的學術術語，比起莎士比亞的這句問話，更適合用來解釋陳子昂的「前不見古人，後不見來者」的呢？

軍旅憶往

一 兵役

我在大陸幾個學校教過短期的書，平常討論的當然是學術方面的事，但一次談及我在台灣當過兵，大家都覺得興奮，以後常有人問起我當兵的事。因為大陸不採徵兵制，他們的軍人是「募」來的，軍人在社會是一種特殊的階層，又因為軍人住在軍營之中，高壘深塹，少與外界往來，一般人對之十分陌生，大陸學者聞說台灣「全民皆兵」，顯得十分好奇，尤其像我這樣的老教授，也有一段軍旅生涯，他們都覺得有點不可思議。

在台灣每個男人都要當兵的。說「男人」，稍嫌籠統，在民國四十年左右，已是壯年或老年的人，他們就無須當兵，因為已經過了徵召入伍的期限，但二十歲左右或者比他們還小的「男人」，就必須當兵，從此之後，所有「男人」都須當兵了。大約男子十八歲，就得接受政府兵役單位的「身家調查」及「健康檢查」，合格的就準備在日後接受徵召，成為百姓口中的「阿兵哥」，或者成為電台上稱的「國軍將士」了。其實每個人入伍，得從最低階的二等兵幹起，兩三年退伍，順利的話可幹到上等兵，士官是升不上去的，更不要說是尉、校及將級軍官了，所以「國軍將士」是概稱，論及階級，是輪不到二等兵的。

所謂「身家調查」，是指對將要成為「役男」的做一詳細的家世調查，看看役男有沒有親戚加入過「匪幫」，家人中有沒有「匪諜」或匪諜同路人的罪嫌，如有一點蛛絲馬跡涉及，是絕對不允許當兵的。但這事說起來容易，做起來困難，因為兵役單位不是情治單位，根本沒那些祕密資料，役男就算有不清白的家世，單位也不知道，連役男自己也很糊塗，所以這項調查，往往只是形式，役男帶著召集令、身分證報到，蓋幾個章就算事成了。

健康檢查則執行得很徹底，往往要抽血、注射還要把全身衣服脫光了，讓檢查人員看身體的最隱密的部分。我記得好像在我讀高二的那年，住地在小鎮的男生就接到通知，某月某日要到某地報到接受役男的健康檢查。是一天的上午，學校如臨大敵，教官集合要受檢的學生整隊前往，要上的課也就不上了。沿路同學討論的多是等下也許會碰到的尷尬場面，假如有女護士在場，硬要我們脫褲子該怎麼辦？一個有運動家身手的男生說，怕什麼嘛，你就翹給她看，引起一陣喧笑，但這話對膽小的人而言，更增加了不安。到了現場，是一座媽祖廟，裡面有幾個用白布圍起來的隔間，量完身高體重，依序走到隔間，我記得裡面有個長著麻子的軍醫，指示我們把褲子脫了，只在外觀上瞥了一眼就叫穿上。後來知道，那道手續是看看我們有沒脫腸疝氣的毛病，現場根本沒有女護士。倒是從間隔布的上方空隙，正對著廟的主神媽祖娘娘，她像皇帝一樣戴著平天冠，面孔黝黑，雖然慈眉善目，下面我們的一切，似乎難逃她的「法眼」。我不知別人怎麼樣，那次的經驗，讓我有很長的一段時間覺得不自在。

當我高中畢業考上大學，鎮上的兵役單位就暫時不管我了，當時讀大學與專科學校的人很少，只要是大專生都可以當預備軍官，徵召訓練由另一單位負責。沒考上大專的，高中畢業都已「及齡」，通常很快的服兵役去了。當時的兵役政策有點奇怪，要當的兵種由役男抽籤決定，大約百分之七十會抽到當陸軍兵，陸軍兵要服役兩年，而抽到當海、空軍的則要服役三年，還有海軍陸戰隊與憲兵以及其他「特種兵」都要服役三年，當時從未聽過有人異議的。一般解釋是當陸軍很辛苦，海、空軍相對而言比較輕鬆，這區分看起來合理，但有人要問，那海軍陸戰隊比起陸軍來，要上山下海的，更要辛苦許多，這是什麼道理呢？會解釋的人又說了，這叫活該倒楣，誰要你什麼籤都抽不到，只抽到當海陸（海軍陸戰隊的簡稱）呀？

我們有幸當預官的人，不但當少尉軍官，薪餉較多，而且服役年限僅一年，比起當一般兵的，「福利」確實好太多了。雖然少尉在軍官的階級上最小，任何官在你面前都比你大，跟你同樣掛少尉領章的一定比你資深，是正宗的「九品磕頭官」，但想到下面還有更多的士官與兵，所謂比上不足比下有餘，就不該再抱怨了。

二 成功嶺

我們考上大學的「役男」，在臨畢業前一年的暑假（專科生是二年級、大學生是三年級），須到位於台中縣烏日鄉的成功嶺接受三個月的「大專暑期集訓」，這三個整月的暑期集訓是新兵的養成教育，是由陸軍預訓司令部負責，向極嚴格。軍人的精神教育是服從，所謂服從是絕對的服從，不是有條件的服從，明知長官的命令不合理，也得遵照不逾。當時領導我們的軍官士官已不會打我們了，但罵是常有的，責罰則是無所不在，責罰的理由往往是被子的一角沒有摺好，解下來的綁腿沒放在規定的位置等等，其實都是雞毛蒜皮的事，責罰的方式林林總總，選擇哪種，任憑責罰你人的脾氣。這緊張的氣氛貫穿在每天二十四小時的每分每秒，產生的結果是幾乎每人都患上便秘的毛病，每頓三四大碗的吃，卻解不出便來（有的是因時間緊湊，根本排不出上大號的時間），通常幾天不排便，醫官會幫你開通便的藥，一吃就通了，有的嚴重，吃了藥也排不出，拖上一個禮拜，滿臉發黑的昏倒，就是中了「便毒」，就得送醫用外科手術治療了。

暑訓是從各個兵立正稍息做起，然後班級、排級到連級的各項訓練，最後有營級與團級的「大會戰」式的演習，不過大會戰式的演習排在快結訓的時候，「師老兵疲」的狀況下，已有點應付的意思了，但前面兩個月，從各個兵的基本訓練到連級的作戰操練，都是非常扎實的陸軍養成教育。

成功嶺在一座很平緩的山上，占地很廣，從烏日火車站走上去，由於都是上坡，得費一些腳程。「嶺」的四周並無民居，由於地高，看出去十分遼闊，朝東可以看到台灣的中央山脈，朝南可以看到台鐵縱貫線海線山線在彰化之前的交會處，朝西則可看到鐵路海線迤邐而上，海線再西可以看到遠處的台灣海峽，朝北則是成功嶺山頭的延續，就看不出什麼了，總之如到各處看看，成功嶺確實很有氣象的。我們的「營房」與教室是固定的，但在各個兵的訓練完成後，得接受比較「高層」的教育，就須趕往各處的場地去了，譬如練習劈刺得到劈刺場，練習匍匐前進得到另一場地（匍匐場地設有人腰高的鐵絲網，上面架有重機槍），更不用說各式武器都有適合的靶場了。當時隊伍走到某場地，都不說走而說「開」，我們因上課需要，需在各個場所「開」來「開」去，有時「開」到某一靶場，得行走一個小時，如果靶場準備了試射的武器，我們連隨身武器都不須帶，這場行軍就顯得十分輕鬆，大家都把這種到郊外行軍叫做「打野外」，像是小學生到郊外遠足一樣，覺得好玩又快樂。成功嶺山區偶爾會看到一種矮種的芭樂（正式名稱是本土種芭樂），成熟的果實很小，果肉是粉紅或紫紅色的，十分香甜，我們「打野外」時經常採食。

在成功嶺每天起床第一件事是整理內務，規定用二十分鐘把所有內務整理好，梳洗完畢後在連集合場集合，分秒不得差。集合點完名，值星官就肅立照軍中禮儀向連長報告人數，就立正開始大聲唱〈領袖歌〉，歌詞第一句是「大哉中華」，當時都叫它〈大哉中華〉，歌詞全文是：

大哉中華代出賢能，
歷經變亂終能復興。
蔣公中正今日救星，
我們跟他前進，前進，
復興！復興！

寫這歌詞的必定是南方人，總是ㄣ（-n）、ㄥ（-ng）不分，對我們中文系讀過聲韻學的人來說，有點刺耳，但久了也就痲木了，軍歌好像都是這樣，只要音近就好了。接著呼口號，大約以四句為多，由值星官帶著呼，第一句是「反共抗俄必勝必成」，後面三句都是以萬歲收尾，依次是「三民主義」、「中華民國」與「蔣總統」，在呼「蔣總統萬歲」後，不待值星官提示，全體要自動連呼三聲「萬歲、萬歲、萬萬歲」，這樣「晨點」才算結束。

晚點名的儀式也與早點名一樣，不過唱的不再是〈大哉中華〉而是〈陸軍軍歌〉了。當我在成功嶺受訓的時候，陸軍軍歌就是〈黃埔軍校校歌〉，就是「怒潮澎湃，黨旗飛舞」那首，當我大學畢業到陸軍正式服役，軍歌改成何志浩寫的「風雲起，山河動」那首了。軍校校歌雖然有黨國不分的毛病，而且節拍有點怪，但比起後來的「風雲起」那首，氣魄要大了許多，更重要的是前者帶有歷史傳承的意味，有經驗的人會說不如不改。

三 武器

在成功嶺，我們各個兵的武器是二次大戰末期美軍的 M-1 半自動步槍，一直到後來正式服役，步兵的基本武器還是它，這種武器聽說美軍在越戰初期還在使用，所以在當時也不算落伍，它的最有效射程是三百米，比一般卡賓槍一百五十米的要遠得多，而且彈道穩定，可以射得很準，據說國軍有佩戴「神射手」標章的人，不用加裝瞄準器，也可以用它輕易射中三百米之外的目標，是當時國軍的最制式武器。但這種步槍也有缺點，就是彈匣有八顆子彈，每當八顆射完，彈匣自動彈出，會發出很大的響聲，這一方面可提醒用它的人立即裝填子彈，但假如距敵不遠的話，也告訴敵人我的彈藥已用盡了，裝填子彈的時候，正是敵人射我的大好機會。

軍人的槍是他第二生命，所以平常得小心保養，我們受過訓練，必須在一分鐘內把槍的零件全部卸下，然後在另一分鐘內又把它恢復原狀，後來訓練變本加厲，要求我們把眼睛蒙著也能快速做成，做成了後要假裝把子彈上膛，然後在空膛狀況下扣下扳機才算數。

在成功嶺三個月的集訓中，除了 M-1 半自動步槍隨伺在側，打靶射擊也都用它之外，我們每個兵還在教習機槍課程時射過輕、重機槍，機槍可以連發，假如把手指緊按在扳機上，幾十發甚至幾百發子彈會連續擊發出去，教官不許我們浪費，只准許我們「三發點放」。所謂三發點放，便是一次扣扳機只允許擊出三發子彈，教官的意思是三發點放才能精確的擊倒目標，連續擊發只有用在敵軍蜂擁而至的情況下，那時不只人殺紅了「眼」，連機槍的槍管都因連續擊發而紅成鍛鐵了。

這指的是輕機槍，重機槍因為槍口的一段設有水箱，可以冷卻槍管，不過教官說，重機槍如果連續擊發了幾百顆子彈，水箱裡的水會被燒開了，不小心碰到，也會燙傷人的。重機槍因為有腳架要扛，還要扛彈藥箱，通常得三個人一組，不像輕機槍簡便，但重機槍穩定性高，擊發時感覺不到有後座力，顯得「順手」得多。

步兵武器中還有一種小型的迫擊炮，因為是是六十公釐口徑，就叫它 60 迫擊炮，這是一種光膛的曲射武器，可以隔著小山或高牆對敵方發射。發射這種武器一點都不困難，只要把炮彈順著方向滑下炮管，炮管底下的撞針撞到炮彈的撞擊點，炮彈就自然會飛出去，但要它朝哪個方向落下，是有學問的，必須要懂曲射武器的「彈道學」，要有物理學的認識，所以教官在教習這種武器的時候要講很多有關物理與數學的知識，練習的時候，也只用木製的「代彈」，以免真擊發出去傷己傷人。

當時國軍步兵連還有一種制式武器，便是 75 無後座力炮，這是一種對付坦克的武器，有膛線，是直射的，裝填彈藥要比較麻煩，必須將炮彈上的溝槽對準炮管裡的膛線，彈藥能穿甲，一般可以射得很準的。這種武器有一個毛病，是當它擊發時，後頭會噴出火與熱氣，不小心會傷了自己之外，也容易引起一陣飛沙走石，無疑暴露自己的位置，再加上彈藥裝填不易，據說我退伍不久，國軍就改用更輕便的火箭筒取代了，不過火箭筒的歷史比無後座力炮更久，軍中早有了。還有一種跟 75 炮很相似的是 106 無後座力炮（軍中稱數字有另一種稱法，106 要念成「么洞六」），這炮一般不屬步兵所有，而是炮兵的武器了，但形式跟 75 很像，只是比 75 長又重許多，必須架在吉普車上。擊發的原理跟 75 一樣，特別的是炮管上附有一支 50 機槍，射的是曳光彈，在發炮之前可以用 50 機槍試擊，當看到所發曳光彈擊到目標，便立即發炮，據說可以百發百中。這幾種無後座力炮，我們看過實兵擊發，卻不准我們真正操作，原因是彈藥十分昂貴，再加上稍一不慎就會死人傷人。我後來正式在陸軍當預官，職位是一個步兵連的少尉營務長，也稱行政官，有次碰到實彈射擊時，我們連上的兵器排要射 75 炮，已試射了好幾發了，士兵把炮彈裝填瞄準完畢，排長看到我站在一側（觀察無後座力炮擊發得站在炮的兩側，以免被炮後的烈焰燒到），問有沒興趣來擊這一發？我高興點頭，便走到炮的左端，與右側的裝填手彎一膝跪下，使身體與炮管齊高，我右手輕扣炮上扳機，就聽轟的一聲，那發炮彈就衝出炮管，筆直前飛，兩秒後擊到對面山頭的靶心，這是我唯一擊 75 炮的經驗。

我後來正式服役的時候，在澎湖的時候曾一度配發一把湯普生衝鋒槍，裡面裝的是 45 手槍子彈，這槍的槍口很短，據說裝上子彈匣，很容易自動擊發，造成傷人傷己的不幸，相當危險，所以平常彈匣都不敢放子彈，我從未用它射擊過。幸好不久部隊調回台灣本島，我們少尉軍官都改配卡賓槍了，卡賓槍比步槍輕，也能射得很準，拆卸保養都很方便，只是射程不如步槍遠罷了。

四 營務官

我在服預官役的時候正式官階是陸軍行政少尉，是最低階的軍官，如果在陸軍總部，少尉只配在門口監察衛兵，在大一點的機構，將校如雲，小小少尉，人家不會正眼看你的，但俗話說比上不足比下有餘，在陸軍的基本單位「連」裡面，一個少尉也不算小了。我當兵時，由於我們的師叫做「前瞻師」，是國軍最完整的步兵作戰師，一個人數整齊的連有一百七十人左右，其中軍官共有九人，計：連長（上尉）、副連長（中尉）、輔導長（中尉）、政戰幹事（少尉）、營務官（少尉）還有三個步兵排一個兵器排的排長（少尉），由於軍官少士兵多，再加上軍官是領導階層，是士兵的服從對象，階級的優渥性就顯示無遺。

軍官無須站衛兵，進出營門，衛兵見是軍官必須呼敬禮的口令，對之行軍禮，這是其一。其次所有軍官都有「傳令兵」（只前瞻師的連級單位吧），傳令兵顧名思義，是指作戰時軍官離不開指揮場所，由他奔走傳達命令，平時傳令兵無令可傳，久了後便成為軍官跟班，被戲稱軍官的「貼身侍衛」，或者專做服務長官的兵了，譬如軍官不須擦槍，用過槍由傳令兵擦拭保養，在大操場吃飯雖席地而坐（一般步兵連沒有飯廳），軍官與士兵必分桌進食，軍官一桌的第一碗飯由輪值的傳令兵打（軍中把盛飯叫成「打飯」），這一點點細節，顯示軍中階級分明，不可踰越，你就算看不慣，卻必須遵守。

營務官又叫行政官，職守很多很雜，包括整個連的人事、財務與兵器通信器材的管理，轄下有文書士、補給士、通信士與兵器士等直屬士官，都是上士的階級（士官的最高階），看他叫什麼士，就知道他專管哪項事務。連上的營務官還得管一特殊單位，稱它特殊，是因為它不算行政單位也不是作戰單位，但對所有人都十分重要，「民以食為天」，當兵也不例外，它就是炊事班，也就是主司全連飲食的單位。說起這炊事班，編制並不大，只有九人（軍中有〈九條好漢在一班〉的歌），成員不必出操，不必站衛兵，往往服裝儀容自成一格，多數十分邋遢，他們大半自暴自棄，懶得打理門面，露出頭的事反正輪不到他們，就幾個人窩在廚房，做他們該做的事。

話是這麼說，但炊事兵有時也令人豔羡，也有人想調到裡面當差，理由是他們做好菜飯，就算最後吃，留給自己的當然好一點，部隊吃大鍋飯，他們有時會開個小灶，油水醬料比大灶豐盛是自然。他們還可在夾縫中得些「外快」，做菜須到菜場採買，部隊進菜量很大，賣菜的販子對負責領隊採買的炊事士官特別殷勤，一去遞菸敬茶，像看到自己大哥進門，客氣得不得了，其中玄機，不得不令人揣想。再加上部隊在一地駐防久了，每天剩菜剩飯丟掉可惜，圈個豬欄，便可養豬，當然豬是連上的資產，都登有數目的，但豬的肥瘦大小，就不是由數目決定了，豬秧子（小豬）用一百多買來，四個月後成豬可以賣到上萬塊，其中玄機，當然更祕不可宣。

炊事班直屬連部，由營務官管轄，部隊所有包括兵器設備都要登記有案，我們在台南新化一個名叫那拔林的地方駐防時，我所管炊事班的名下，列有大小豬隻十二頭的清冊，可見營務官階不高但職守頗廣，已跨越人畜二道的界限。

論道理，我們營務官管的是連部行政（所以營務官又叫連部排排長），有關官兵的薪餉，還有軍需補給，連帶官兵的吃喝拉撒都要負責，部隊有關實際作戰的部分，不是他的責任，所以算是個「勞心」比「勞力」要重的角色。但我當兵時所遇的連長，是個喜歡耍威風的上尉，做任何事都要我們下屬跟著，所有訓練與演習包括實兵作戰，都不准我們脫隊，把我弄得身心俱疲，真是倒楣透頂。行軍一天，作戰兵可以休息用餐，我還得張羅炊事班送飯的事，兩月一次的師級裝備檢查，連一根針都不能缺，最苦惱的是部隊移防時，要清點不可運走的「財務」給接防的部隊，我的部隊從澎湖移防台灣時，移交清冊幾萬株在林投公園附近海邊的木麻黃，那是以前部隊所種，用來做防風林的，因在我們「轄區」之內，算是我們的「財產」，所以須列冊點交。幾萬株樹在海邊的黃沙間，有的活有的死，有的小有的大，要清點，得靠菩薩幫忙，最後怎麼完成任務的，我已經記不得了，只記得那次確實苦了我，也苦了那個來接防的跟我一樣的行政少尉。

行政這兵科的標章是一個金色的盾牌，與其他標章不同的是上面有紅白藍的顏色，軍中佩帶的人很少。我一次洗衣把它弄丟了，到專營軍需配件的商店也買不到，連長就給我一副步兵的領章，要我掛上。步兵是陸軍最大又最「正統」的兵科，陸軍的大將軍，很少不是步兵出身的。步兵的標章圖樣是一對交叉的步槍，我從此便戴著步兵的領章，直到退伍。其實我服役的是步兵師裡面的步兵連，就算以步兵自居，也沒什麼不對。

五　領袖

我們當兵時所稱的領袖，絕不是泛稱，而是專稱，只指一人，就是〈領袖歌〉中的「蔣公中正」。不過我們稱他蔣中正其實是錯的，依照中國傳統習慣，我們對尊長絕不可直呼其名，甚至尊長的大名，在寫一般詩文中也要儘量避免使用，萬一要用，得選一同音的字頂替，譬如蘇東坡的祖父名蘇序，東坡在為人寫序的時候就改「序」為「敘」了，又如漢武帝名「徹」，太史公司馬遷在寫《史記》時，碰到一位名叫「蒯徹」的人（曾幫韓信看過相的人），不經本人的同意（本人也無法不同意，因為那位蒯先生早死了），硬把他改成「蒯通」了，這種「避諱」不見得合理，但在中國已行之數千年，成為一種禮俗，所以以前皇帝取名總是用冷僻的字，以免臣民不便。我們稱呼蔣先生應該用他的字「介石」才對，因為介石是蔣先生的「字」，不是「名」，但在台灣只有反對他的人叫他蔣介石，連對岸他的死對頭，都叫他「蔣匪介石」，好像越討厭他的人越以禮待他，而越尊敬他的人反而越顯得無禮，也是奇事一樁了。

這當然是題外話。軍中的領袖專指一人，不指別人，這叫「鞏固領導中心」，是沒有人敢反對的。當時軍歌，有一半是在歌頌他的英明偉大，我想蔣先生當然知道，卻沒表示這樣是不對的，可見老先生晚年的格局也小了，想當年他領導北伐抗戰，人望最高的時候，有哪一首歌是要人家「效忠」他的呢？

但老年的蔣先生，面孔的英氣變成慈祥，對我而言，記憶深刻。我平生見過兩次蔣先生，都在成功嶺。常聽人說蔣特別喜歡軍旅生活，得暇常往軍中跑，所以大一點的軍事基地，都有特別為他準備的住處，而住處一般都陳設簡單，不許豪奢，這是他的要求。以我在成功嶺三月的經驗來說，他老人家就來了三次，一般人並不知道總統的行止的，這是為了安全的理由，但他來了三次我們這都知道，這得從我們「學生連」所居的位置說起。

我當年在成功嶺受訓，被編在預訓隊伍第四團第十一連，正好這四團十一連是全成功嶺暑假集訓的最後一團最後一營最後一連，一團到三團都在更深入後內山，只有我們第四團在入門口的位置，而從大門往後數，我們最後一連也在最後，卻正好最貼近預訓司令部，在司令部的左側。司令部前面有一草木修剪整齊的圓環，圓環後面立著三支旗杆，旗杆最中的一杆是國旗，國旗右邊較低的杆子上是陸軍軍旗，其左是陸軍預訓司令的旗子，這是平時，一到老總統來，旗杆就得立刻調整旗號，中央國旗當然不動，原先掛陸軍旗的改懸總統的統帥旗，而陸軍旗改懸到原來預訓司令旗的位置，預訓旗就被撤下了。我們一看四周是金邊的統帥旗已經升起，便知總統已來進駐，氣氛也跟著緊張起來。上級長官會不時來營區，東檢查西檢查的，卻小心不驚動我們的課程，司令部四周多了些行動詭異但不露聲色的安全人員，明處則多了幾個戴白色頭盔的憲兵，他們負責管制交通。

有一天剛吹起床號，大家迅速躍起，摺好蚊帳拉平床單，再把上次摺成豆乾形狀的棉被，像供祖宗牌位似的把它放回床中央（那床棉被自摺好後幾乎就再也沒有打開過了，好在暑訓是夏天，也不太用得上它）。這時我覺得有些怪，平常總聽到值星官的哨聲、副連長的罵聲還有排長要我們快呀快呀的叫聲，都沒有了。我匆匆把床鋪整頓好，跳下床從底下拿出臉盆毛巾，打算跟大夥到外面洗臉，卻看到一個光著頭上唇留有白色短鬍的老頭向我們走來，後面緊跟著幾個領子上掛著星星的大人物，意識到恐怕是總統來了。

果然是總統，他含著笑匆匆從我們前面走過。當時兩排上下鋪前的甬道亂成一團，我們平時都是把內務整理完畢才跳下床，接著都是在甬道上整裝的，我已經有點不記得了，但可能我第一次看到總統的時候恐怕身上只穿著內衣內褲，也沒有人叫立正的口令。他老人家是否看到我了也不能確定，就算看到了，但匆匆一瞥，對他也是毫無意義的，這可斷定。

後一次是結訓典禮上。那年是民國五十三年，也就是西元一九六四年，結訓典禮排在九月十八日舉行，正是九一八事變的紀念日，雖然沒有宣布，但大家都心知肚明總統要親臨主持典禮（用軍中的術語是「親臨校閱」），這事讓上下既振奮又緊張。最後半個月，我們的課程也調整了，連著幾天下午都「開」到第二團團部前面的最大操場去接受訓練，我們大專兵抵不上軍校的「正規軍」，他們接受校閱時得在「大閱官」前面踢正步，要我們這群「雜牌軍」踢正步一定鬧笑話，便改成讓我們部隊肅立在操場，由大閱官乘禮車從前面經過接受我們的致敬。

想不到就是站著不動，也十分費力。整個集訓部隊超過一個步兵師的人數，從第一團到第四團，在浩大的操場上依國語注音符號ㄩ的字形排好，ㄩ字的缺口正對著高高的司令台。等大閱官在我們面前校閱過了，我們便端槍用跑步的方式整隊到司令台前集合，這時全體學生隊伍就排成一大方塊了。前面說過我的那一連，是集訓部隊的最後一團最後一連，校閱時與第一團第一連排在ㄩ字的兩個頂端，等到集合聆訓時，我們兩連因最近司令台，有點「近水樓台先得月」的味道，只要跑很短的距離，而且與第一團第一連並排在隊伍最前面也是最中央的位置，所以台上的一切，我們看得最清楚。

我記得當天蔣總統穿的是一套卡其色的中山裝，筆直的站在敞篷車上慢慢通過我們前面，接受我們的敬禮，他手戴白手套，用軍禮答禮。他沒穿軍服，照理無須用軍禮的，但也許長期養成的習慣改不了。他答禮完畢，總喜歡將手迅速向前作一誇張的停頓動作，然後才慢慢放下手臂，像美國戰爭電影裡軍官耍帥的手勢，一方面顯得精神奕奕，一方面也有點好玩。

算起來我們在成功嶺見到他，他當年已是七十八的高齡了，卻還是站得很挺直，說話則鏗鏘有力。他一口浙江官話，我們幾乎不懂，卻都知道他在說什麼，因為他都用短截的語氣。長官屢次告誡我們，當總統在訓話時沒說稍息兩字時，全體要立正肅立，要做到所謂「文風不動」，便是泰山崩於前也不「變色」才行，可笑的是那天不知是有意或是無意，老先生訓話時開了口就不停，老不肯叫稍息的口令，我們聽訓的部隊在炎陽下全體肅立之外，司令台上老人家身後的上將、中將也都筆直的像木頭一般的，一動也不敢動，隔了約莫五六分鐘，老先生才說「稍息」，我們才稍微放鬆。

我後來到台大上研究所，好像就在老先生過世前後吧，有一次聽毛子水先生談起，以前每過陰曆年的時候，老總統都會在總統府請幾位資深的老教授吃春酒，毛先生說這表示老先生對斯文的尊重。老先生後來過世了，有一次我在金門的莒光樓，看他在戰地的照片展，其中有幾幅讓我印象深刻。他穿著黑色長袍，手中握著毛筆，姿態凝肅的在宣紙上寫著「寓理率氣」四個字，這四字是從《孟子》裡來的，老先生不是書家，字不算頂好，但點捺之間，運筆工整，絕無輕忽簡慢之意，可見他對傳統儒家文化，還抱有孺慕景仰之心。眼看照片下所示的時間，大陸正開始鬧文化大革命，我心中便更有所感了。

六「一根扁擔壓死一條好漢」

當兵這件事對我產生相當的衝擊，不是生活上的，而是思想上的，儘管已過去半世紀了。

首先我必須說，軍旅生涯對現代人而言，是有積極意義的，人是「社會動物」，免不了參與團體，在軍中，一個獨奏家變成一群合奏團體的一員，處處講求與人配合協調，可以讓人養成合群的品德，對人際關係的開展，有很好的作用，這點必須肯定。以美學為況，軍人所強調的美是一種陽剛的美，這種美在「男子漢」身上，恐怕也是必須。

我在高中之前，住在眷區中，四周都是軍人和他們的眷屬，所以對軍營的生活十分熟悉，對一般軍人（尤其是低階的軍官或根本升不上軍官，終其一生只能當兵的人）有很高的同情心。我對軍人生活的熟悉，使得我進入兵營後很快就「融入」軍人的生活，不像別人須要慢慢調整才能適應，這是我的長處。而我對低層軍人的同情就不見得是長處了，有些時候成了我的短處，這事說起來有點複雜。

低層軍人的工作苦、待遇低，只曉得為「上面」的人賣命，他們又單純得就算死了也不知後悔，這點總令人擔心。他們是那樣的純樸憨直，待遇卻不是很好，所謂「一將名成萬骨枯」，「一將」當然不是他們，所以他們的遭遇值得同情，但我後來發現自己的同情，其實有點居高臨下的姿態，雖然不是做出來的，但即便自然就有的，這姿態也令我厭棄、令我難過。我懂得比他們多，閱讀與思考訓練使我知道一些事務的「內情」比他們深，看到他們可憐的處境，不得不施以同情，但我卻無法真正化身為他們，要我化身也有點不甘願，這是我的困窘。這跟托爾斯泰同情與他一同在高加索參戰的戰士、同情農村裡沒有心機的農夫農婦們一樣，而托爾斯泰的人道主義，豈不也有一點居高臨下的味道呢？

同情別人是一種權力嗎？那，誰讓我具有這項權力的呢？而這項權力有多大，能夠幫他們解決問題嗎？答案是不確定或者是否定的，這便使我更加迷惘了。我後來知道，在那個時代，我其實也是條不折不扣的可憐蟲，假如我知道自己是可憐蟲才如此想，就有點自哀自憐的成分，而事實並不是這樣。我的懷疑，讓我的軍旅生活，變得有些矛盾。

當然我的懷疑不只這些。

我不習慣有人服事自己，也不喜歡我與別人「不平等」。譬如進出軍營，當我看到連上衛兵對我行軍禮，就渾身不對勁兒，有時有事到團部或師部，也會碰到衛兵行禮的事，我就想他們是跟比我高階的長官行禮，假如正好我四周有比我高階的人的話，但如只衝著我一人高喊敬禮，我就會十分不自在。我出身卑微的環境，認同低下成了我的本性，而我後來所讀的書，莫不是強調卑微人也有尊嚴，當然有尊嚴的也包括我，所以我不能在道德的領域自棄。書上告訴我，人不該有貴賤高低之分的。

但軍中高低卻分得很清楚。以前軍中流行一句話：「一根扁擔壓死一條好漢」，這話說清楚得費一番唇舌，軍隊裡的尉官（低階軍官）是以領上的槓槓來表示的，少尉一條槓，中尉兩條、上尉三條槓，而士官與兵的階級也靠槓槓來顯示，不過他們的槓槓是斜槓。軍隊講階級服從，作戰時連長叫排長領隊衝鋒陷陣，明知死路一條，排長只有領命而赴，不能說一個不字，在戰地，部下敢違抗上級，是可立即處死的，這就是「一根扁擔壓死一條好漢」，一跟扁擔指的是長官領章上多自己的一條槓。戰時講求階級服從，可能是一種「必要」的惡，平時或在不同的環境下就不該如此。但為了「臨陣」的需要，必須這個觀念貫徹在軍人的養成教育中，對服從，軍中往往有過當的解釋。

有的時候是過於簡單化。我問過一位比我年長的老尉官，我說按說敬禮要發自內心，對尊敬的對象是心裡真的有所敬意，他說：「你這是死老百姓的想法。我跟他敬禮，同是尉官，他比我多一根槓槓，同是校官，他比我多一朵梅花，同是將軍，他比我多顆星星，他怎麼扯爛汙我都不管，就是這麼簡單。」這樣一切簡化，其實混淆了不少實情，但在軍中是不去管它的。

權力的過分集中，思想的過於單一，是我不適應的地方。我不反對單純，老子說：「智慧出，有大偽。」拋棄人文枷鎖，讓人思想單純得接近一般動物，是道家哲學的最高境界。但重要的是，這種境界，不由外界來約定，而是由個人自己來選擇的，我有智慧而選擇不要，與原本沒智慧，或不准你有智慧是不同的。

在軍中，你必須拋棄個人智慧，一切由「上面」來決定，這是高度集體社會的共同現象。在這社會之中，他大你小，小的一定被同化，久之，你個人意識減低了，沒有了，在強大的集體記憶之下，個人的記憶也變弱了，甚至消失了。觀念中只有某人是偉人，是我們效忠服從的唯一對象，中國的歷史只有堯舜禹湯文武周公孔子，其他都沒了。你被教育，你被「潛移默化」要聽比你領上肩上多一條槓的話。在團體裡面，你的一切變成「制式」，包括心理與所有行為模式，開始是被動，後來是自動。

這種轉變表面看起來並不顯著，但隔了一段時間，在一個特殊的場合，你發現你已經「變」了，吃飯時傳令兵幫你添飯你不再覺得不安，又如有一次你經過營前的崗哨，一個心不在焉的衛兵沒跟你敬禮，你開始覺得不快，但你解釋說，你的不快不是在乎個人的榮辱，而在意的是軍隊必須要有的「軍紀」，否則無法作戰。其實都是假話，你變成一個對自己都會說假話的人，老實說，這樣子的「潛移默化」，才是令人覺得可怕的地方。

整齊、劃一又驚人的效率後面，裡面是藏有很多故事的，反正一下子也說不完，便不說了。

山海之間

——記淡江

「聯副」約我寫淡江校園巡禮，我只能寫一些從自己記憶觀景窗看出去的地方，無法全面。我隨意寫，不求公正周到，因為寫全面才須要公正周到。

我一九八二年到淡江任教時候，淡江還不是一所太大的學校。到淡水不要說沒有捷運，就連今天從北投到關渡的大度路也沒開通，一早從金華街的淡江城區部趕到淡水上課，得搭一個小時的交通車。車子從北投彎到新北投，再繞過有政工幹校的復興崗才到關渡，關渡過後走一小段很窄的山路，經過竹圍，越過一個大墳山才到淡水。車子還沒進淡水鎮，路邊就看到一個漆成白色的華表柱，上面寫著淡江大學四字，從這兒右轉，經過鄧公路、學府路才到英專路，路底就是學校了。這所學校早年以辦英語專科學校起家，學校前面的路叫英專路，還有些飲水思源的味道。

那華表的後方不遠處，有個不小的荷塘，秋天開學了，還看得到一大片粉紅的荷花，鄧公路的兩旁，栽著一株株高大的尤加利樹。我後來聽一位歷史系的老師說這條鄧公路是寫錯了，該叫定光路的，路首一座鄞山寺，所拜主神名叫定光古佛，以前鄞山寺也叫定光禪寺，台語定光、鄧公聲音一樣，所以寫錯了，真是錯得離譜。不過世上像這類的錯事不少，也就見怪不怪了。

我在淡江的日子過得舒適愉快，第一是淡江的風景很好，有山有海的。淡江在淡水河的入海口，一個名叫五虎崗的小山坡上，站立其上可以看得很遠，朝西是觀音山，朝東是大屯山，朝暉夕陰，都很有氣象。早年十多層的商管大樓還沒蓋，人站在海事博物館前方的草坪朝北看，是可以看到海洋的，晚上安靜時，還聽得到海濤的聲音。冬日午後，與學生列坐草地，或吟唱或談話，真覺得天高日遠，胸懷也跟著擴大起來。

其次淡江的同人相處得很好，我在中文系教書，其他科系我不清楚，但感覺也是一片祥雲。我們的中文系當年真是和諧，系裡有事，大家分著做，幾乎從沒有發生過爭執。系裡幾位老教授，有王久烈、王甦、王仁鈞（號稱「三王」），再加上本職在學校祕書處的白惇仁、申慶璧等先生，他們輩分高學問好，卻從不擺架子，對我們這些新生晚輩，也禮數周到。年輕一輩的，多與台大有些關係，譬如聘我進去的韓耀龍是台大研究所畢業的，系上的施淑女與李元貞，都出身台大，還有位詩人何金蘭，她算我台大的學姐（但年齡比我要小），我進淡江的時候，她又從巴黎第七大學拿了個博士回來，還有與我同時應聘的，是我台大的同學林玫儀。這不是說淡江是台大人的天下，淡江也有師大、政大乃至文化大學「系統」的人，淡江在我進去的時代還沒有研究所，沒有自己的人可用，這樣缺乏「山頭」，卻讓她格外的有容乃大了。

台大人一向鬆垮垮的沒什麼組織，但有個好處，就是自由，不但自己自由，也獨來獨往的不喜歡干涉別人，所以在淡江的生活可以過得毫無拘束。到了龔鵬程主持系務的時候，又找了很多有本事的人來「玩」（龔鵬程的說法），雖然是各路好漢，不以台大人為主，但自由的系風還保留不墜。原因是淡江離台北很近，有本事的人除了教書之外還有其他要忙，根本沒空也沒心在這小地方爭名奪利，加上學校行政當局對老師也算尊重，沒事不會干預老師的教學，所以在這兒待著，都覺得天高皇帝遠似的。在淡江如打算頤養，是個適合頤養的所在，打算做學問，也是個不受打擾的做學問的好地方。

在這天地之中，淡江的學生也比其他學校的學生顯得自信又快樂些，六、七〇年代台灣流行校園民歌，淡江就是發源地。我在中文系教書的第一年，除了教大一國文之外，還擔任他們班的導師，就是孫維儉、殷善培、曾子聰那班。這班學生一開學，就編了本《草生原》的刊物，刊名用的是鄭愁予的詩，有特殊的韻味，刊物以詩與散文為主，其中偶爾還有插畫。由於是自己刻鋼板油印，有時整本書弄得髒兮兮的，但編得很有趣也很精采。這本刊物，一直按期出，直到他們畢業，我還收到一兩期，不過已改成打字版了。他們後面的，就是陶玉璞、陳明柔那班，也是由我教大一國文及兼導師，這班學生也是從大一開始編班刊，刊名是開班會決定的。記得我不久前跟他們講蘇東坡〈臨江仙〉，就是「夜來風靜縠紋平，小舟從此逝，江海寄餘生」的那闋詞，結果大家決定用《臨江仙》做刊名。我覺得這名字取得渾然脫俗之外，又十分貼切，臨江的江可以指淡江，再加上大一新生，都還是仙子一樣美麗的年代，還有比它更漂亮的名字嗎？

我當年教大一學生，為學生開了個必讀的書目。由於是中文系，有關中國文化、中國文學的專書系上都開有課程，以後他們都會陸續讀到，所以我開的書目以世界名著為多。當年坊間有一種名叫「新潮文庫」的叢書，多以名著漢譯為主，書前有專文介紹，書後又多附有作者的年譜或著作目錄以備參考，雖然印刷不算精美，但訂價低廉，很適初學閱讀。

學校山下有家「文理書店」，女主人很欣賞我們的閱讀計畫，一些早已絕版的書，她不但幫我們到處去「調」過來，還以極低廉的價錢供應我們，一天學生興沖沖的把成綑的書搬上山。我將全班五十多人分成五組，每組十人左右，規定學生每人一週閱讀一本，先在組內交換著讀，一組讀完再與別組交換，這樣一年五十二週，每人就可以讀完五十多本書了。我還要學生每「輪」完一本書，都簽名書上，以留紀念。

我還規定學生每天寫閱讀日記，這日記只記與閱讀有關的事，最好是筆記心得，如果沒有，抄幾段自認為有趣的文字也行。這閱讀日記我是要看的，每週依組來看，所以負擔並不重，我會在上面寫些評語，絕不只畫一勾了事。我如此謹慎來做這事，是要求學生真正讀一些能開啟他們智慧的書，五十多本他們不見得每本都認真讀，但這些書在一年之內，都在他的手上停留過，使他知道世上有這麼一本智慧的結晶，絕不是壞事。我常想如果沒有這樣的規定，他們也許大學讀完，都不知道有這一本書呢。一年後，他們大一生涯即將結束，我要大家把書帶來，集合之後再分發他們每人一本，至於該分到哪一本，則由抽籤決定。我跟同學說，這本簽著全班姓名的、累積著很多人的筆痕與淚水的舊書，可能是你們一生最重要的珍藏。

我想學生是有收穫的，但所得到底有多少，不要說我不知道，連學生也不見得清楚，心靈的成長須要長時間去印證。我偶爾會收到學生的信，有的有名字有的沒名字，多數是感謝我給他們機會，藉著閱讀，看到了這世界他們不曾看到的美景。

一個在讀大二的女生耶誕夜打電話給我，說不是祝我耶誕節，而是要告訴我她剛剛讀完第一百本課外讀物，她想我一定喜歡聽到這個好消息。我問她第一百本讀的是什麼，她說是史坦貝克的《人鼠之間》，我說那是本不很好讀的書啊，她說全書很黑暗晦澀，但她接著用哲學家的口吻說：「老師，一點點的光明，不是藏在無盡的黑暗之中嗎？」宋儒說讀書在變化氣質，求氣質變化，是須要經年累月的，不可望其速成。古人常用「春風風人，春雨雨人」來形容教育，春風春雨是指令人成長的和風細雨，絕不是指令人摧折受傷的狂風暴雨。有時候，被我們詬病的「效率不彰」，在教育上，反而不見得是壞事。

我喜歡在我初期任教淡江時的景象，學校只負責提供我們自由的空間，就好像畫布的功能一樣，你在上面畫什麼，它從不管你。但在這種氣氛下，老師並沒有因此而懈怠，而學生也沒因此而學壞。當時生活的速度，比起今天來要緩慢一些，用音樂的術語來說叫做「慢板」（Adagio），音樂裡面，最美一段往往在慢板。這世界有那麼開闊的天地任我們俯仰，有那麼美的山嵐海風讓我們飽覽，又有那麼營養且舒適的空氣，讓我們的肺可以徐徐張開、緩緩收縮的吐納，世上的一切，都是那樣謙和又自足的存在，我們還有什麼更重要的事要趕呢？

但是這樣的風景，好像只有在悠遠的記憶中找尋了。

後記：二〇一一年八月某日，聯合報副刊主編來電，央我寫一篇他們推出的「大學校園巡禮」專文，指定請我寫的是淡江大學。我有點詫異，跟他們說我是台大教授退休，寫台大比較沒問題，寫淡江就有些「越界」之嫌。他們說不會的，因為他們看過我的一本《記憶之塔》的小書，裡面有篇〈觀音山〉專記淡江生活，給人印象深刻，由我來寫不僅不費力，也會寫得精采（這是他們的話），勸我無須游移，再加上台大已約了洪蘭教授來寫了，便只好認命，全文刊登在同年九月六日的聯副。

隔了四年多，在暨南大學任教的陶玉璞寫信告訴我，文中所記有錯誤，說編《臨江仙》的沒有陳明柔，因陳不與他同班。他說的正確，陳也是同屆教過的學生，但班級弄錯了，這事在文中並不重要，也無須改正了。

花生與其他

朋友送我一包花生，閒時打開來吃。發現又是一包「黑金鋼」，外殼與一般花生無異，只是包花生仁的皮是黑色的，吃當然很好吃，但我與內人都驚訝，現在吃的都是黑皮的黑金鋼了，以前那種紅皮，或者不是那麼紅，而是泛著一種接近肉色的那種土花生到哪兒去了？

還有一種澎湖特產的花生，顆粒要比一般的花生大，皮上有紅白相間的斑紋，特別油，有特殊的風味，現在好像也不容易看到了。我特別懷念以往吃的一種顆粒很小的花生，肉質細膩堅實，極有嚼勁，不論油炒或不用油炒，都是磨牙的好工具。以前台灣鄉下小店還賣一種去殼花生，摻著海鹽用砂炒的，放在大型玻璃瓶裡，可以稱兩的買，買時問你要多少，伙計便將一小張報紙摺成三角容器，把花生放在裡面，有時也隨便扯下電話簿的一頁做包裝工具，買賣雙方都不在意，表示花生是一種價廉的食物，無須慎重包裝。

當然那些紅皮花生還是有的，譬如市面賣的一種玻璃瓶裝的花生麵筋，裡面的花生就是紅皮的，我有一次在超市，也看到有特別標注本土的紅皮花生在賣，可見原生的並未消失，只是多數被後起之秀黑金鋼取代了。就像泰國芭樂上市之後，台灣原產的小芭樂就不見了，有時在鄉下還是看得到的，還保持著一些原始風味，但寒酸的長相確實不如泰國芭樂的好看，市場終被後者取代。

因為花生，我想起小時一些與吃有關的事，食材都極平凡，有時甚至低賤，當時沒人會注意的，但過了之後，就再也見不太到了，成了記憶中珍貴的東西。鄉下河川旁的沙地，因為貧瘠，多用來栽種花生，因為花生不太「吃田」（無須太多養分），所以產量很多，就算窮人也吃得起。記得少年時住在宜蘭鄉下，有一人稱書記官的退伍老兵，無依無靠的刻苦生活，獨居在我們村子的角落，過農曆新年時，市場肉鋪子生意好，他收集了一些人不要的豬大骨，回來用瓦鍋燉熬，作配料的總是花生或黃豆。有一天他選了個沒缺口的碗盛了碗給我，那飽滿渾圓的花生，吸足了骨頭裡的髓汁，一放進口中就化了，泛著無比的香甜，說多好吃就有多好吃。才知道我們對世界的供需無須多慮，大地育養人類，確實有暖老安貧之具，而富貴人面對萬錢珍饈，也有停杯投箸的時候。

書記官有時也用黃豆來燉大骨，台灣不產黃豆，我少年時到處可見黃豆，因為這是美援物質的一種，常免費供應，但終不如所燉花生的好吃，可能是花生的油脂更多，肉質更細膩。

書記官還會結網捕魚，當時小溪中有捕不完的魚，最多一種是俗名叫溪哥仔的小魚，台語叫成Kego-a，最長長不過巴掌，也有鯽魚，但鯽魚不如溪哥仔多，還有蝦與螃蟹，拿一個特殊的三角網子去撈，要多少就有多少。四周稻田邊的水溝中，有很多泥鰍，有時運氣好，可以抓到鱔魚，有一種鰓口與肚子泛金光的名叫黃鱔，嘴巴兩邊的觸鬚特別長，據說非常補，坐月子的女人吃了，可以發奶，拿到菜場可以賣好價錢，所以捉到了黃鱔，多捨不得吃。泥鰍與鱔魚都躲在泥中，抓著了不能馬上吃，必須放在清水中一兩天，讓牠把肚子裡的泥沙吐光了才吃，鱔魚的肉很細，也補身，泥鰍因為太多了不值錢，當時人多把牠沾著麵粉在油裡炸著吃。

田裡還有田螺，台語把牠叫作「產雷」，寫成漢字其實就是田螺兩字。田螺也得在清水養一段時候，讓牠把肚裡的髒東西吐光才吃，炒前得用剪刀把螺絲的尖角剪斷，據說這樣才能「入味」，還有吃的時候，才方便從開口的地方把螺肉吸出來。炒田螺作興用大料猛火爆炒，所謂大料是在作料中加了很多蔥蒜老薑與辣椒，有時還得加半碗米酒，因為有酒精，炒鍋上常會引起一陣大火，鍋上鍋下，一片通紅，再加上田螺的殼是硬的，丟到鍋裡跟炒石子一樣，炒時金石齊鳴，乒乓作響，場面熱鬧又好看，據說是下酒的好菜。溪中另外還產一種很小的蚌殼，那種蚌殼台語叫牠La-a，用來汆湯有清肝明目的效果，也可以像炒田螺般的大火熱炒，但蚌殼太小，裡面的肉一點點，不值得為牠大費力氣。小學生下課常可到小溪中「摸」蚌殼，用來增添餐桌的一些野味，家人多不阻止，因為溪水清淺，不易發生意外。台語有「摸La-a兼洗褲」的話，說在溪裡摸蚌殼時可以順道清洗褲子，意指只做一事卻多方受益，這話很鄉土，也很生動。

台灣多高山，所形成的河川多十分短促，每逢雨季或颱風來襲，河水一定氾濫，因此島上的河流河床都十分寬廣，枯水期僅留有一小水道，而寬廣的河床布滿了上游沖下的沙石，農人稍加開墾，也可在上面種些東西。種得最多的是花生與番薯，有些地方也可以種西瓜，西瓜必須種在沙土上，對天氣要求比較嚴格，它比較喜歡陽光，陰雨不宜，所以西瓜多產於南部，而花生與番薯就不講究這些了，再加上它們可吃的都埋在沙土之中，有沒有太熱的陽光都無所謂，由於「賤」，被大水淹沒或沖走了，也不覺太可惜，因此台灣到處見得到這種作物。

要說起番薯，它比花生應該更「賤」了。花生比它還懂得選擇土地，花生只能生長在沙土中，或含沙量較多的土裡，黏土就不太適合它，而番薯就不一樣了，它可在沙地，也可在黏性高的土壤中生長，土地不肥沒關係，要是肥沃呢，也很歡迎，它可長得更快更好，但好的田地，農人多用來種高經濟價值的作物，很少用來栽種它的。

番薯不只是生長快速而已，其實它有許多好處，是別的植物很難趕得上的。首先是它的澱粉含量高，營養價值均衡，很適宜做一般人類的主食。一個小碗大小的番薯，產生的熱量抵得過一碗飯，但要考慮一碗飯得裝成百上千的米粒。生產稻米要選擇土地，又要有適合的水源，不像番薯任何地都能種，種番薯一點都不費事，只要將它的莖枝埋入地下，不一會兒就在結實纍纍了，收成跟稻米一樣重的番薯，時間只要稻米的三分之一或者不到。種番薯不像稻麥，幾乎無須施用肥料與農藥，而稻麥之類，只頭上一點點結實可吃，番薯則是「全身」上下無一不可食，葉與莖也都可成為佳餚。另外更有一點，是番薯莖葉所分泌的汁液有解毒的成分，可以作解毒劑使用，以前農人在噴灑農藥時偶爾不慎中毒了，便將番薯藤切碎置於水中，以水浸泡沐浴，其毒自解，多食番薯，也可將體內毒素中和排出，這是傳統老農的話。

番薯雖有這麼多好處，但因生長便利，一直無法進入高貴市場。以前一般農人，多將番薯摻在米飯中吃，或者將之作為飼料，用以養豬，經濟轉好了之後，更有點視之為敝屣，很少再眷顧它了。我對此味，十分流連，冬日台灣街頭，總有一些烤番薯攤販，所售烤番薯，不只香，吃時又暖又甜，周身舒暢。我有一段時候常患嘴角發炎的毛病，醫生建議食番薯試試，我遵醫囑，將切成塊狀的番薯鋪在電鍋的飯上，蒸熟了與白飯一起吃，沒多久就痊癒了，原因是番薯含有大量維他命B，也有紅蘿蔔素，可以補平日精緻食物之不足，對發炎特別有益。

番薯是一種極好的農作物，但因為太過「鄉土氣」，而被打入冷宮，其實在麥當勞賣得火紅的炸薯條（大陸叫做土豆條），便是用跟番薯同性質的馬鈴薯做的（英文把兩種東西都叫成potato），馬鈴薯論風味比番薯還差一截呢，但一土一洋，形成的價值觀就不同了。說起土與洋，還有一種變異很大的水果，就是「百香果」，這種水果之稱百香果，是從英文Passion一字翻譯過來的，市面顆粒大又多汁的百香果，價格昂貴，是窮人家不太吃得起的。但這種水果在我小時鄉下多得很，不過我們不叫它百香果，而叫它「番仔木瓜」，我想是因為費力剝開紫紅色的厚皮，裡面的是一顆顆像木瓜種子的顆粒，把顆粒咬碎，有一點石榴的滋味，酸多於甜，但汁液不如石榴多，幾乎都是渣子。番仔木瓜大多野生，果皮坑坑疤疤的，很少長得渾圓飽滿，沒有賣相可言，想不到風水輪流轉，才過幾十年，換了個響噹噹的名字，這種水果竟風行起來，當然也經過農業改良，讓它便得比較好看又好吃了。

台語叫花生為土豆，跟大陸北方人叫馬鈴薯同名，大約是因為它生長在泥土裡面，稱它做土中之豆並無不宜。與番薯一樣，都把可吃的埋在地下，與土地結緣最深，再加上價格低廉，普羅大眾都吃得起，這些年來常被人用來當作本土的象徵，動不動拿它出來以與「外來」的東西對抗，讓這些無辜的材料，充滿著人為的意識形態，想起來也好笑。老實說是我們是曲解了，不論「土豆」與番薯都不是土產，而是貨真價實的外來品種。

說起花生，大約在明末才從國外傳進中國，《紅樓夢》記錄各項食物往往巨細靡遺，卻獨缺花生，可見在曹雪芹的時代，吃花生還未流行，至少大觀園中還見不到它。另外番薯與番仔木瓜光看帶一番字，就知道都是外來的東西，然而它們生長力太強，落地生根之後，便也「賴」著不走了，當我們熟悉之後，便以為是土產，對它產生感情固可，對其他發生排他的情緒，其實是不該的。

還有小溪裡的溪哥仔與鯽魚，田間的田螺與泥鰍，是否真是「土產」也不好說。界定土產或外來，得確定要看從哪個年代算起。五萬年前地球正逢冰河期，海平面低過目前一百公尺，當時台灣大陸連在一起（台灣海峽平均水深大約四五十公尺），交換物種或物種延伸，根本是常態。不只與大陸，冰河期的台灣還跟南方的菲律賓還有更遠的印尼島嶼相連，有考古學者指出，台灣的原住民是自「南島」遷來的呢，他們的語言與那些南方島嶼的語言（最遠到紐西蘭），至今仍有相通之處，學者稱之為「南島語系」。地球不大，又多變化，其實好像很難斷定誰是本土誰是外來的，在這問題上費盡力氣，總有些白搭，更無須為這類事挑動民族情緒，不如定下心來，好好品嘗這些食物的美味吧。

考據

我國在清朝乾隆嘉慶年代，考據學最發達。所謂考據學，簡單說就是把所有資料都拿出來，一一比對，看誰對誰錯，以釐清事實真相。乾嘉時代，國家強盛，物阜民康，學術上喜歡討論真假對錯的問題，老實說，與民生經濟沒什關係，等國家危亂了，才覺得討論這些無用，還是能救人水火的「實學」重要多了。

但好笑的是在乾嘉時代，是把考據學稱做實學的，在此之前心性之學流行，言心言性往往各憑己見，譬如宋代的陸象山就說過「宇宙便是吾心，吾心即是宇宙」，把客觀主觀的樊籬全打亂了，照他說法，天文物理都不須去學它，只研究「吾心」便得了。考據學反對這種空洞之言，他們認為要憑一分證據才說一分話，所以把這種學問稱作「考據實學」。五四前後的學者喜歡把清代的考據學說成「科學的實證主義」，想不到「科學」又與考據牽合在一起了。又有人認為，「科學」是與「迷信」相對，如此的話，「唯物主義」自然與「唯心主義」相對，要提倡「科學的唯物」必須先打倒「迷信的唯心」，從此爭議甚重打殺不斷，弄得學術界一片腥風血雨。

其實都弄錯了，歷史上從沒有過真正的唯心主義者，所有提倡心性之學的人都有現實生活要過的。世界上也沒有真正的唯物主義者，標榜唯物的人也懂得戀愛，而戀愛也絕不如極端的唯物者所說，只是單純的「製造精子與卵子相合的機會」而已，戀愛與其他人類的行為中都包著極複雜的心理因素的，而這種因素很難釐清很難分辨，因為其中充滿主觀的印象，不是可以全用科學來驗證的，愛情在人類一生中，常常發揮了移山倒海偉大作用。這是為什麼有些強調唯物論的革命者，建成國家之後也要他人民「愛黨愛國」，愛黨愛國的愛與男女戀愛的愛往往相通，這事很難用計量的方式來算計，所以世事萬端，心理的成分絕對不少。

話說遠了，現在回到主題談考據。考據就是講事實，不久前我在一位學者房間看到一幅書法的複製品，上面是蘇東坡首句是「明月幾時有」的那闋〈水調歌頭〉，學者說原件是蘇東坡的真跡。我看了就說絕不是，首先由筆跡判斷，點捺之間，完全不是蘇字不說，其後落款的地方自署「東坡醉筆」，還有朱文印信，上刻「子瞻」、「東坡」字樣，則更為荒唐。現今所存東坡法書，都以其名「軾」自署，古人有字號，卻不用來自呼，這是規矩，沒人違背的。其次東坡寫字從不用印，這也是常識，中國人在書畫上用印，開始於元代，盛於明清，明清以降，才成為風氣，在此之前，印信是代表官職的信物，我們看到王羲之的〈快雪時晴帖〉、〈奉橘帖〉上蓋滿了印章，都是後來收藏著、品題者所蓋，王羲之比蘇東坡更早，那時根本不會在書畫上用印。

有這種認識，就知道這張蘇東坡的「醉筆」的原跡，必定是一幅「如假包換」的贗品了，而且造假的人完全是有意造假，意圖蒙混無知，這種真假很好分辨，只須一點常識就成了。

再舉一個例子，三十多年前，電視節目一度流行《包青天》，晚上八點一聽華視《包青天》上場，熱鬧的大街突然冷清不少，因為都回去看電視了。我看過幾集，確實高潮迭起，頗能引人入勝，但多看了，也漸覺不耐，原因是所拍的影片，製作粗糙，不合史實之外，又錯誤百出。當時的電視劇，可能為圖省錢，一切因陋就簡，加上觀眾文化水準不高，只求娛樂，不管其他，到了後來劇情益加荒謬，歷史劇不見得盡符史實，但不能錯得離譜，譬如包龍圖居家也穿戴朝服，也笏袍俱全的，顯然不合現實。

包拯（九九九—一〇六二）在北宋曾官開封府尹（當時的首都市長），雖然任期不久（只一年多），但清廉剛正，留下不少政績，後人稱之為「包青天」，又受封龍圖閣直學士，又有人稱他「包龍圖」。電視劇經常出現包公書房一景，其中藏書，令我覺得十分驚奇。古書多函裝，外有木箱，包公書桌後有四大木箱，上書《卜辭》、《楚辭》、《戰國策》、《資治通鑑》，當然都該是包公之前的「古物」了，但問題重重，不是一句話說得清的，還有這四套書的分量很不相同，不可以放在大小完全相同的四個木箱裡，這四種「書」，我們就來討論一下。

《卜辭》指的是甲骨文上的占卜之辭，當然產生的年代極早，而甲骨文是直到晚清才發現，稱之為「卜辭」是清末民初學人王國維、羅振玉等人，到民國十七年開始大量發掘後，便稱「甲骨文」了，這些近來才發掘出來的考古材料，早在一千多年前的包大人是無緣見到的，他的書房有《卜辭》，當然是胡扯。

再談《戰國策》，這部書是雜記戰國史料的書，在包公之前就有，不過據史書記載，《戰國策》在北宋的時候已不全了，是依靠大文學家曾鞏（一〇一九—一〇八三）努力收集整理，全書三十三篇才又恢復完備，而曾鞏的年紀比包公小二十歲，所以就算包公書櫃有藏，也定是個殘本。另外更嚴重的是《資治通鑑》，這套書是北宋大政治家、大史學家司馬光（一〇一九—一〇八六）所編，主要是獻給皇帝治理天下的歷史憑據（故名「資治」），而司馬光從宋英宗治平二年（一〇六五）開始編，花了十九年到神宗元豐七年（一〇八四）才編成，在司馬光開始編書的三年之前，包大人就死了，自然萬萬見不到此書，所以電視上包公書房所有的四部書，只有《楚辭》一本是包大人時代是有的，但《楚辭》是部文學書，無關國計民生，而這位青天大老爺是否真讀過，又要存疑了。

為什麼要說這些呢，不是圖個娛樂罷了？是的，只是個娛樂罷了，但娛樂的節目假如也做得扎實，就更有可觀了。而且這是涵養的問題，不是錢的問題，只要編劇導演知道包青天時代看不到《卜辭》，也看不到《資治通鑑》就不會犯這樣的錯。我們原諒犯錯，是因為我們自己經常犯錯，出於護短的心理。要知道，在小地方我們漫不經心，養成習慣，在大地方也不會認真了，這使得真理混淆，細節對真理而言是很重要的。

有一首叫〈梅花〉的歌，劈頭就是：「梅花梅花滿天下，有土地就有它」。這兩句完全是不實在的，我記得選擇梅花當國花，就是強調它凌霜雪而開花的孤絕之美，梅花既不是「滿天下」都有，也不是「有土地就有它」的，這兩句形容的，換成空心菜倒比較合適。還有一首叫做〈中華民國頌〉的歌，也很荒唐，首句就是「青海的草原，一眼看不完；喜瑪拉雅山，峰峰相連到天邊。古聖和先賢，在這裡建家園。」後面還有，就不再引述下去，就從這幾句來看，請問作詞的人，無論「古聖先賢」要如何定義，五千年來，請你指出有哪一位聖賢在青海的草原與喜瑪拉雅山上建立過「家園」呢？如果一個都沒有，就是胡扯。問題是有人說這是首愛國歌曲，鼓勵愛國情緒才是主要目的，其他並不重要呀。但我想說，由於它是愛國歌曲，所以真實更加重要，不真實的歌曲所「鼓勵」出來的感情，往往不是真的，不真的感情，要它幹麼？

我平時不太能接受人以「大小眼」來看事情，我們中國人很喜歡說，這是小事情，你不要太認真了，又舉「泰山不辭土壤，大海不辭細流」作藉口，好像所有可道之事，裡面都得雜有亂七八糟的東西，否則就成不了「偉大了」。其實「泰山大海」是指偉大人物須要容納異己，不是指真理可以混淆。小錯不能讓它存在，因為它會鑄成大錯，你絕不想聽到幫你打針的醫生說，一個細菌算什麼呀，因為一個細菌也可以奪命的。

小節很重要，不能忽視。所有偉大的事業，當然得有深遠的企圖心，但從不忽視細節，因為那是事業的根本，荀子說：「不積蹞步，無以致千里」，可見小地方的重要。一個一向忽略小地方的民族，很少形成智慧的成就的。這說明考據徵實是有意義的，當然，只在小地方上面用心，沒有想到全體大用，考據也可能成為奇技淫巧，這也是必須思考的事。

鰻魚

鰻魚有海河之分，其實是海水與淡水之分，我們常吃的日式鰻魚，多生長在海水淡水之間。這種魚肉質細膩，善於烹調，可以做出許多花樣，很多地方視它為補品，所以價錢不賤。台灣產的鰻魚，通常是先從淺海處捕鰻苗，鰻苗捕獲後得先放在海水裡養一段時間，再放到淡水中飼養，淡水必須是流動且含氧量高的，死水絕對不可。成魚必須到海中才能生養出鰻苗來，在淡水中則不會，這跟鮭魚有點相同，但從程序言則相反，鮭魚一生大半生長在海中，生蛋孵化必須在淡水中，而且是回到牠們祖先出生的河道中。鰻魚必須出生在鹹又冷的海水之中，出生之後，喜歡在淡水與鹹水之間「遊歷」，也有只生存在海水中的，但就變成不是我們常吃的那一種鰻魚了。

日本人嗜好鰻魚，但在日本的鰻魚長得慢，好像品質也不好，三四十年前，日本人所吃的鰻魚，大部分由台灣進口，讓台灣狠賺了一筆。鰻魚從捕撈到養殖，須要大量人力與技術，正巧是台灣所獨有的，但很辛苦。我聽說光是到海邊去捕鰻苗就十分辛苦，鰻魚繁殖，不選擇春夏，只選擇冬季，所以在東北風最緊，天氣嚴寒的時候，正是海上捕鰻苗的好季節。

鰻苗剛出生，大約只最小的繡花針的一半長，比針還細，有點像剛孵化的蝌蚪，卻沒有蝌蚪的大頭，剛孵出的鰻苗會在沙岸淺水處找極小的浮游生物吃，是捕撈的大好機會。鰻苗出現，事先沒有預告，由於太小，在海水中也不易發現，所以捕時比較靠運氣，但老於此道的，還是有獨特的本事。鰻苗大量湧現，通常是在黎明天剛亮未亮的時候，這時拿著自製的捕撈用具（無非是有三角支撐的細網，可用比較細密的沙窗網做成，最好是白色的），在淺海處不停走動，運氣好便可撈到。

我中學一位老同學名叫林義雄（可不是同里的政治人物），曾告訴我他有捕鰻苗的經驗。林義雄少年時長得又黑又矮，坐在教室的最前排，他字寫得好，也勤快，高中的時候常幫老師「刻鋼板」。當時沒有影印機，也沒電腦，有講義或其他的材料要印，須先用鐵筆寫在蠟紙上，再由油墨印刷，用鐵筆在蠟紙上寫字，大家叫它刻鋼板。林義雄刻鋼板，喜歡耍些小聰明，他常在文字的空白處，畫一些飛機坦克等的圖案，說白了就是童心未泯罷了，老師罵過他，但沒有深責，他也不在乎。他家原來住在宜蘭較靠山的三星鄉，算是不錯的家庭，高中畢業後好像還住在三星，後來不知道為什麼搬到冬山河出海口的利澤簡了，我們宜蘭人的看法，住在海邊的人比較窮困，也許他家道中落了吧。十年前舉行高中同學會，見到了他，聽說他在利澤簡與蘇澳之間一個加油站工作，還是矮又黑的，起初他怯生生的，後來不生了，便拉著我說了不少的話。

他告訴我他年輕時曾在利澤簡一帶沙岸撈過鰻苗。他說撈鰻苗很辛苦，主要是天冷，黎明又是一天最冷的時候，碰到海水就更冷了，所以撈捕鰻苗都得是「骨髓厚」的人，鄉下人說一個人弱不禁風是「骨髓薄」，海邊捕撈的都得是年輕力壯的人。

他說撈到的鰻苗須放在白色的盆子裡，否則看不到，所以捕撈的人都會帶著一個白盆子。鰻苗有專人來搜購，發財車上裝著密閉的海水桶，有馬達打氣，值錢的時候一尾一元，就在海岸交易，三四十年前，百元算是大鈔了，別小看一元，還很有用處的呢。他說了個笑話，一個鄉巴佬在撈魚苗的時候，不小心撈到一條死狗，以為晦氣，把狗屍扔了，但不久那條狗屍又被另一個人撈到，那個人眼尖，一看狗毛上好像有東西在閃，連忙放在他所帶的白盆中，發現狗屍內外，布滿了比針尖還細的鰻苗，林義雄說，原來鰻苗把狗屍當成食物了。後來在收購站裡一數，有十萬尾以上，那個眼尖的，一下子就賺了十幾萬了，比中愛國獎券還容易，要中愛國獎券，還得先出錢買獎券呀，他說。

捕撈到手的魚苗，要給專家養殖，鰻魚才會長大，要是不管它，放在盆中，不到半天就死光了。至於要怎麼養，該吃哪些食物，養殖場淡水與海水的比例要多少，水要如何循環流動，養殖場有很多祕密，都祕不示人的。

林義雄說，養殖場跟日本人簽了約，裡面的鰻魚不賣給台灣人，但我們想吃也吃得到，當然不是吃養殖場的，像有淡水流入大海的地方，是抓得到「天然」的成鰻，比養殖場的反而更「大尾」些。他說成鰻不是用釣，也不是用網的，鰻魚很滑，難以網到。我問那該怎麼辦？他說要設「陷阱」，陷阱是一條長條形的竹簍，竹簍要很軟，所以最好用細竹皮做，長度大約半個人長，太短就沒有用了。他說我們常吃的這種鰻魚，一般生長在海水淡水之間，水太鹹了，牠會游到淡一點的地方，要是四周都是淡水的話，牠又喜歡「喝」一點鹹的，我們就利用牠這習性，把竹簍埋在河水通向沼澤的泥堤裡，漲潮的時候，簍口對著海水這一邊，退潮的時候，把口對著淡水那一方，喜歡游進游出的鰻魚一不小心便有幾條會「落」入簍中。不過得隨時檢查竹簍，鰻魚游得進去，自然也游得出來，還有當潮水稍大，漫過臨時築成的土堤，那時鰻魚就無須經過設下的陷阱，就也抓牠不到了。

說話時他顯得特別興奮，但他突然停止，突發奇想的問我：「你有沒有覺得，這樣子抓鰻魚，有點像現在的一種行業？」我一頭霧水，不知要如何回答。他說：「有沒有一點像現在的房屋仲介？景氣好的時候，大家要買房子，景氣不好，大家急著賣房子，都要讓他經手賺，好像不論漲潮退潮，都抓得到鰻魚一樣？」

他說的沒錯，但我不知道為何要舉這個例子。我沒機會問下去，因為是同學會，總有其他人來打岔，而他的話聽起來又有點沒頭沒腦。事後我想，同樣一件事，可能有人受惠，也有人受害，像在買賣上，或在其他事情上都會發生的。我似有憬悟，他在這方面是否受過害，他幾十年前從三星搬到海口居住，是不是受了房產買賣的影響呢？而逼他受害的是否就是房屋仲介呢？但事情有些複雜，一時也不好問。

兩年前我們高中那屆又舉行同學會，我也去了，我們那屆共有三班，那次是三班合辦的，來的人比較多，但沒見到林義雄，一問其他同學，說他已經往生了，再問詳情，同學也不很清楚，我當時覺得一陣茫然。午餐在一家海鮮餐廳吃，幾個人在搶卡拉OK，場面熱鬧又混亂。上菜時有一道日式的蒲燒鰻，主辦的同學說現在海水變暖，已抓不到什麼鰻苗，連帶使得台灣的鰻魚王國也沒落了，所以現在吃的這道鰻魚，是很貴的菜，要大家好好品嘗。我眼前浮現起跟我說捕鰻苗故事的林義雄來，想不到他已不在，心情自是怏怏。說實在，我不喜歡吃這樣一種塗著甜醬的燒烤鰻魚，對於鰻魚，我好像從來沒有喜歡過。

三個人

我出生在民國三十一年，正好是西元一九四二年。

有一次幾個朋友在一起，聊起與自己同年出生的人，我便想起幾個同在一九四二年生的人。我知道他們，主要是「有名」，要是沒名，就不知道了，但有名也分是好名或是壞名，我記得的雖然有「好」的，要算「壞」的也不少，據我所知，出生在那一年的名人有利比亞強人格達費、北韓前領導人也就是現在領導人金正恩的父親金正日，還有英國物理學家史蒂芬・霍金，除此之外還有音樂家波里尼與巴倫波因等等。那年出生的人當然很多，但我知道的卻僅僅幾個，因為平常不會特別注意這件事，我想絕大多數那年出生的人，跟我一樣的是個地地道道的凡夫俗子，順時而生，氣盡而亡，沒什麼特殊的。

也許看電視中二次大戰的節目吧，突然想起這個年分的悲劇意義來。一九四二年是個很「壞」的年分，依照一般的世界史，第二次世界大戰從一九四一年十二月七日日本偷襲珍珠港開始算起，因為美國正式宣布與日本及日本的盟國德國、義大利宣戰（當時稱德日義三國軸心），真正世界大戰於是展開。但局部的戰爭（其實規模不小）早已開打，最嚴重的是我們中國的對日抗戰，從一九三八年七月七日的盧溝橋事變就開始，到珍珠港事變，中國已獨立抵抗日本的侵略四年多了，死了上千萬軍民，淪陷了近海的大部分土地。而自一九三九年德國侵略波蘭，英、法與德宣戰開始，歐戰也打了好幾年，納粹不但占領了波蘭、捷克，併吞了奧地利，更向西越過馬諾防線，攻破了荷蘭、比利時，南下幾乎占領了法國全境，英倫因隔海而暫時安全，但被德國潛艇包圍，運輸補給進不了口，眼見彈盡援絕，也十分危殆。

到一九四一年底美國加入，同盟國當然士氣大振，但當時珍珠港裡的幾條美國主力艦、巡洋艦被日本人炸沉，大傷很難立刻恢復，而日本在遠東及太平洋所至披靡，氣燄更盛，日本在珍珠港之後，又把英國巡洋艦威爾斯親王號在新加坡外海擊沉，這艘威爾斯親王是英國的驕傲，不久前在大西洋主導擊沉德國主力艦俾斯麥號，想不到一來遠東，就莫名其妙的屍骨不存了，所以從一九四一年到一九四二年，可以說是同盟國或世界其他國家極慘淡的日子。

孟子說：「天時不如地利，地利不如人和。」指的是決戰勝利的條件。但把天時、地利、人和視作人間幸福的三大要件也很合適。在二次大戰期間，這三大要件都極度缺乏，這幾年出生的，不論在那地方，童年都不太好過，也許這經歷，影響了他一生的人格發展，當然是好是壞，又另當別論了。

談一談前面舉過的幾個「名人」。有個叫格達費的很有趣，格達費（Muammar Muhammad Abu Minyar al-Gaddafi, 1942-2011）是台灣的譯名，大陸譯作卡札菲，不明白的還以為是兩個人呢。這人是個獨裁者，也是個奇人。首先他身居利比亞國家元首達四十二年之久，這在非洲絕無僅有，在世界其他地方也很難看到。其次是他雖是國家的元首，卻不用總統、總理、主席等的稱號，頂多用一個「利比亞革命領導者」這稱呼。他一九六九年以陸軍少校身分親率「革命軍」革命成功的人，幾年內把自己軍階升成上校，從此不再升級，直到死都是「格達費上校」。他神龍見首不見尾，居無定所，就是在利比亞首都的黎波里也很少見得到他，他喜歡在沙漠裡亂竄，住在隨時可拆的帳篷中。

七〇年代，他出面力推成立地跨亞非的「阿拉伯聯邦共和國」，參加的有非洲的利比亞、埃及，西亞的有敘利亞，影響所及，伊拉克與埃及南方的蘇丹都有意加入。假如這聯邦真組織成功，不但有助團結伊斯蘭教勢力，對該地區與世界的穩定都是好事。但西方世界並不喜歡看到這種局面，都視為對西方基督教世界的威脅，干擾破壞，不遺餘力，再加上核心三國相距遙遠，又內爭不斷，終於成為幻影一場。不過還是留下痕跡，當年五國表示統一心願，都把國旗改成紅白黑三色橫條，現在埃及、蘇丹、葉門、敘利亞與伊拉克的國旗還是維持這橫條三色，僅在白條部分加一該國的特殊標誌。但格達費眼看事不成，跟埃及沙達特與敘利亞阿塞德鬧翻了，自己把國旗改成純綠（阿拉伯與伊斯蘭教崇綠），所以在格達費執政中期之後就用這僅有一色的國旗，直到他死，也是世界僅有的了。

格達費從此對西方「墮落世界」恨之入骨，他又是一個睚眥必報又喜怒形之於色的人，一九八八年他手下策動英國洛克比泛美空難事件，將一班滿載乘客的波音七四七飛機炸毀，死了兩百七十人，引起世界大怒。這事是否由他領頭不能確定，但他事後知情殆無疑義。他先作隱瞞，謂與己無干，但經過受難國（以英美為主）十幾年棄而不捨的調查，終於水落石出，確是利比亞所主謀。格達費眼見事證如山，倒也爽快，馬上提供二十七億美金為賠償，等於每位死亡者給一千萬美金，創下空難賠償最高紀錄，全案才告「結案」。

這是大權獨攬的獨裁者才幹得出來的事，但以空難來報復，不異與無辜旅客為敵，毀了自己的國際聲譽不算，又掏盡國庫，損失自己人民的福利，怎麼算都划不來，但格達費卻這麼做了，所以除了強人，他又贏得「狂人」的稱號。

據說這位狂人在革命未成之前，曾以一年少軍官的身分到台灣的政戰學校受過訓，所以對台灣一直十分友善，利比亞不得已與大陸建交，卻允許台灣的代表處一直掛「中華民國」的名號，大陸如何抗議也不為所動，直到陳水扁當政，台灣才主動把代表處改名台灣。

洛克比空難事件造成他致命的傷害，讓他成了國際的罪人，大家都以恐怖分子看他，但想一想國際恐怖分子，有哪一個在事後願意拿出那麼多錢來結案的？一人賠償一千萬美金，等於新台幣三億呢，可見他認起錯來，也比別人痛快徹底，不能不說這是他的長處。國際間有關他的負面消息很多，譬如他的親身保鑣都是女性，就有他極好色的傳聞，這當然是假話，他如成天跟自己的女性保鑣亂來，不要「茉莉花」來革命，自己早死在醋罈子之間了，還讓他能在那麼大的國家、那麼多的政敵之間有效執政了四十二年嗎？

格達費絕對是個奇人，他大權獨攬，當然引起國內許多政敵不快，他在國際間也往往獨行其所是，不太喜歡與別人協調，尤其對歐美資本主義國家有一份與生俱來的仇恨（阿拉伯國家大多如此），歐美國家的領導人也對之頭痛不已，必將除之而後快。但想不到歐美那些領導人已換了好幾代了，他還雄據北非之獅的寶座，沒有下台的消息。直到二〇一一年，北非幾個國家發生了主題是人民自覺的「茉莉花革命」（其實是西方國家，尤其是美國暗中支持的），利比亞也被波及，經人發現，格達費死於亂槍之下，終於結束了他傳奇的一生。

提起另一個一九四二年出生的，始終披著「陌生者」身影的，是北韓的前領導者金正日了，說他是「陌生者」，是因為北韓是目前僅存不多的自我封鎖國家，他們既不歡迎另個世界的客人來訪，也不輕易的走出來，萬一有客人來了，或者出外見到客人，總是面上帶著一個式樣的笑容，所有極權國家的人民的表情都一個樣子的，尤其是微笑。我印象最深的是北韓幾萬人在平壤人民宮的舞蹈表演，幾萬個人的笑容都能完全一樣，可稱為古今之奇呢，場面之浩大，歌聲之嘹亮，舞姿之統一，都是餘事。

我對集體主義一向沒有好感，對集權者更深惡痛絕。集權的可怕不是不允許你發言，而是不允許你不發言，在他們統治下的人民，相競且「自動」的交出自己給集體，甚至結婚也得到國家領導者的銅像前獻花，高呼萬歲，我對那種被不斷壓縮最後一點不存的個人尊嚴感到悲傷。但你得承認，他們的存在是一種事實，他們曾把多元看成腐化，想要「解放」異端的別人而後快，其實也是他們的一廂情願罷了，多年來也沒什麼辦法，而在外面的人看他們更覺得不可思議。熱心的人總是想幫他們得到更多的自由，對這種好心人，我也只得勸他們得慢慢的來，不要操之過急，要想把深海的生物「引出」淺海，得分外小心，一不小心，五臟六腑便因壓力不存而爆開來了，豈止不適應而已呢。

金正日與格達費一樣死於二〇一一年，與格達費不同的是他不是橫死，而是死在病床上，死了不久，就由兒子金正恩續承大統，算是壽終正寢功德圓滿了。但這有什麼稀奇呢？對北韓這樣一個政權，對從金日成到金正日到金正恩這樣一種家族式的領導人，在君權至上的時代還不多的是嗎？何需多談呢？

至於光彩，任何人都不能否認一個英國的物理學家的光彩，他的名字叫史蒂芬．霍金（Stephen William Hawking），也是一九四二年出生的。霍金是一個早慧的物理學家，大學讀牛津，研究所讀劍橋，好像二十一歲就得到博士學位。但他二十二歲那年被診斷出患有「肌萎縮性脊髓側索硬化症」，是一種致命性的神經退化疾病，當時醫師說他只有兩年可活，想不到他卻活下來了，但肌肉萎縮以致全身癱瘓，最後連語言的能力也喪失了，只能全身癱坐在特製的輪椅上。電腦公司先幫他設計了一個靠眼神觸動鍵盤的電腦，可以用來寫作，也可用來回答問題，後來這電腦益發進步，能幫他把心裡所想的話「說」出來，但霍金對這一套維持他創作與溝通的器具不很滿意，他老嫌電腦說的英語有法國口音。

霍金在物理學的貢獻大多數在天體與宇宙學的範圍上，他認為今天的宇宙現況，來自古時的一場大爆炸，這場大爆炸形成了目前宇宙的秩序。宇宙的現況能維持久遠嗎？當然不可能，也許會回到沒有大爆炸之前的空無，至於大爆炸之前是不是真正的空無，也不能確定，他有一本談時間的書叫《時間簡史》（*A brief History of Time*），裡面有句話是：「時間沒有開端，空間沒有邊界。」完全否定了我們習以為常的時空觀，因為沒有開端，所以上帝創造說也就不能成立，因為上帝在還沒創造宇宙前在做什麼沒有人知道，這說法當然與宗教的傳統說法是相違背的，一出來便受到宗教界的嚴厲撻伐，但他不為所動，有次他用電腦說：「基督教不是反過哥白尼與伽利略的嗎？」依據基督教的說法，上帝創造宇宙是以人住地球為核心，這個出發點是來自希臘古代的天文家托勒密（Claudius Ptolemaeus, 100-168），也就是說日月星辰是繞著地球在轉的，但到了哥白尼（Nicolaus Copernicus, 1473-1543）的時代，卻證明地球其實是繞著太陽在轉，而到了伽利略（Galileo Galilei, 1564-1642）與開普勒（Johannes Kepler, 1571-1630）的時代，因望遠鏡的發明，可以看到宇宙更敻遠的地方，才證明我們地球不是宇宙的中心，甚至連在太陽系也不是，我們只是宇宙邊緣一個叫太陽系的「小」系統中間的一顆小行星，繞著太陽在轉罷了。

他還發明了「黑洞蒸發」說，以為宇宙最大的引力與壓力所在的黑洞，也有一天會被自己的物質與壓力所瓦解摧毀，那時的宇宙要變成什麼模樣呢？「不知道，」他說：「天文學只是讓我們知道多一點，而那多一點卻讓我們發現更多的不知道。」

天體物理學的論述很多地方接近哲學，又因為牽涉太多複雜的數學計算，再加上「皇天無極」，幾萬光年之前與之後的現實，往往超越人的知識範疇，對一般人而言，這個學問就成了玄之又玄的「玄學」了。霍金的宇宙理論，是完全在疾病與孤絕的狀態下完成的，他自二十二歲之後，便被醫師宣布「隨時」會死，卻苟延殘喘，連續拖了五十年，到今天仍「不健」而在，雖行動不便，語言喪失，仍無法阻止他在物理上另開新知，確實也是此世之奇。

我所舉出的這三個人，除了同年出生之外，好像沒有相同的地方，這三人的命運與人生成就，相去懸殊，根本不可道里計，但他們曾經遭時不順，都有過危急萬分的童年，這是確定的。童年的遭遇是否會形成了一生的影響，理論上應該是有的，但有人成了天才有人卻是個白癡、有人成了聖人，也有人是個地地道道的一般俗人，好像也不是童年的經驗就可以左右斷定的。記得還有兩個天才音樂家，一個叫波里尼，一個叫巴倫波因的，也是與格達費、金正日與霍金同年出生，但說起他們這篇，文章就太長了，便就此打住。

談左派

在一篇文章中看到論左派右派問題，有感寫此短文。

我想一個知識分子的一生，沒有任何一段時間做過左派人物，或者說傾向左派，那一定是個毫無理想又毫無趣味的人生。

當然我說的是在我們的時代，不是指古代，因為古代還沒有這個觀念。左、右兩派來自十八世紀的法國議會，大概是同聲相應同類相求的關係吧，同情工人與普羅大眾的議員老喜歡坐在議院的左邊，而代表傳統勢力的一向坐在右邊，後來社會主義興起，社會主義是要來革傳統勢力與資產階級的命的，他們自然就與左派議員結合，慢慢把政治的影響力範圍擴大了。此後左派就代表同情弱者、站在卑微人們的立場說話的一群人，由於要與傳統勢力畫清界線，他們不得不創造新的形式、新的規則，甚至採用新的語言、新的手勢，優點是有用不完的新點子，缺點是往往立異以鳴高。

在當時法國畫壇，如果以畫材內容而言，梵谷就是個左派，你看他畫中不是吃馬鈴薯的礦工就是形容憔悴的農夫農婦，還有郵差、趕馬車的、洗衣婦人，都是社會階層中屬於卑弱一類，這證明梵谷「只」同情窮人。其實也不見得，梵谷之成為我們眼中的左派，大部分的原因是被逼的，他如有點錢，也許可以進好一點的館子，吃頓像樣的午餐，也許可以與稍為富裕的人相聚，所畫的對象，就一定不止於那一類人了。不幸他一生都進不起漂亮餐廳，只得成天腳蹬著破皮鞋，穿梭在泥濘的鄉村，畫些農村或破敗家庭的景象，餓了，吃點碎麵包喝口涼水了事。

與梵谷同屬後期印象派的雷諾瓦就該是個大右派，你看他專喜歡畫宴會中的男女，都是衣香鬢影的，仔細聞（用耳也用鼻），裡面有輕柔的鋼琴聲與剛開瓶的香檳香氣，而雷諾瓦用的總是細筆，色彩是極輕柔而透明的，哪像梵谷的畫，梵谷的畫都用粗筆，只有那種像刀刮的粗筆，才能「刻劃」出那些被所謂正常社會瞧不起的粗俗人物。提起雷諾瓦，讓人不得不想到另一個後期印象派的畫家莫內，他如果不是個走資派，怎麼弄得出那麼多錢?莫內住的是一個有好幾公頃花園的豪宅，他為他的花園畫了許多超凡脫俗的特寫。

我用生活上的富與窮來形容右派與左派，可能不完全正確，因為窮人之中也有「右派」，富人中也有同情左派的，但梵谷的左，看起來是命運所迫，並不是他心甘情願的選擇，假如能過好一點的生活，梵谷也不見得要捨棄，因此他對貧窮的同情是情勢所形成，並不見得全是自由選擇。

左右其實是思想上的傾向，有人被生活牽連，有人是道德的抉擇，這個思想產生的時代的法國，正好是由貴族與有錢人統治著的社會，而平民與窮人也漸漸有人代他們發聲，為他們爭取福利。平民與窮人要求的福利雖然不多，卻是跟貴族與富人的福利站在相反的位置，當時的經濟還沒有把餅做大的觀念，認為福利原本那麼多，一經窮人分割，富人所得就少了，富人當然不肯，便發生了爭鬥。到後來這爭鬥越演越烈，兩派各成陣營。到十九世紀末，社會思潮大興，弱小的左派慢慢懂得聯合國際，結成「統一陣線」，到二十世紀初，儼然成為世界性的思想潮流（孫中山說「聯合世界上以平等待我之國家」），最顯著的是，一九一七年俄國十月革命成功後，拉攏了十幾個國家入盟而成「蘇聯」，這世界就有一部分政權「正式」由左派當道了，後來世界便形成左右對立的局面。

在權力上同情弱小，在經濟上，主張利益不獨吞，碰到好處時會想到別人、想到分潤大眾，這是個高貴的行為，這是左派最原始的觀念。中國兩千多年前，就有這個思想，《禮運．大同篇》就說：「矜寡孤獨廢疾者皆有所養。貨惡其棄於地也，不必藏於己，力惡其不出於身也，不必為己。」處處想到卑微大眾，時時想到貢獻而不是奪取，〈大同篇〉所描述的，豈不是人類最了不起的政治理想嗎？與當年左派的主張有何不同？但可惜的是，因為左派在歷史上一直扮演受欺負的角色，在權力爭奪上，往往是失敗的一方，等有一天風雲際會，自己當權了，卻忘了當年自己在人家底下的慘痛，對不是自己的人毫不留情起來，而且把歷史的「積怨」都拿出來了，對敵人下手，有時比右派對付他們還要凶殘，造成上一世紀人類極可怕的一段過去。

左派文學其實也這樣。在文學與藝術上同情受苦的人，要讓受苦的人有發言的機會，本來是高貴的，但當革命成功之後，卻不再准許任何人發聲了，則是荒謬。左派文學一向譏彈傳統文學，認為它只為「統治者」說話，是統治者施行暴政的「幫凶」，所以他們起來後，一定要站在對立一面，與傳統文學畫清界線，並且想盡一切辦法來消滅對方，不稍假借。可惜他們的取才與解釋往往是錯的，以中國傳統文學為例，本來就有大量同情農民與受苦群眾的作品，而瞧不起窮苦大眾的作品幾乎沒有，古代根本還沒有左右的觀念，大作家大詩人對統治者歌功頌德之作，流傳下來的很少（或者根本就不多），我們可在任何時代找到無以數計的材料，證明傳統文學家的高貴跟我們時代一樣，不依附權力，而往往站在與權力相反的一方，有時還會為受苦者爭取權益，而與當權相抗。

文學講究多元，美術講究多彩，音樂講究和聲，你可以高唱自己的調子，卻要允許其他調子存在，以成就世界的繽紛，這是大家都懂的道理，但左傾勢力上台後的景象卻與之大異其趣。俄羅斯十月革命後，多少文學家、藝術家還有文化學者被整肅被消滅了，而中國大陸就更不要說了，有任何人敢起來反對統治他們的左派政黨嗎？在蘇聯，幸好文學家還有巴斯特納克（Boris Pasternak, 1890-1960）、布林加科夫（Mikhail Bulgakov, 1891-1940）、索忍尼辛（Aleksandr Solzhenitsyn, 1918-2008）等人不畏強權，冒著被流放被驅逐的危險而堅持寫作，算是展現了作家的人格與風骨，最可憐的是中國，像這樣一點點的人都沒有了。四九年留在大陸的作家與文化學人大多是左傾的，但當「新中國」建立之後，政府一方面鼓吹「大鳴大放」，一方面「引蛇出洞」，對知識分子的凌辱殺戮不斷，弄得所有文人知識分子都噤若寒蟬，一點聲音都不敢出。這狀況到文革時期更慘，作家自殺的，如老舍、鄧拓、廢名、傅雷、吳晗、李廣田、羅廣斌等等，不自殺的人都自毀聲帶或者丟棄筆桿，如巴金、錢鍾書、沈從文等，從此不再碰寫作兩字，萬一還是得寫，就寫些與創作無關的，如沈從文的《中國古代服飾研究》與錢鍾書的《管錐篇》。左派當權後對右派一定趕盡殺絕，不讓他們有任何生存的機會，殺光了右派，再殺不是自己的這一派的左派，有人說左右之爭是歷史的恩仇，左派當道，右派受到凌夷之害，也許可視為當然，但左派不讓任何人對他們表示不贊同，連懷疑也不可以，弄得十幾億人口，只能發一個聲音，在大陸，所有文藝人士都要自認為是執政者的「傳聲筒」，其他一切都不允許存在，江山寥寥，八荒岑寂，從整個人類歷史來看，這算正常嗎？

有人說，這不是左派惹的禍，左派只是同情歷史上的弱者，為受苦階級說話，左派講的是人道主義，是要發揮人間的大愛，這些災禍不由左派，而是由幾個獨斷者所引起的，這些話我都聽得進去，因為我到現在還是托爾斯泰的仰慕者。但我想問一個問題，以前君王是可以賜臣子死的，而君賜臣死臣不得不死，我們便來算算，在中國歷史上，三千年來有多少君王逼人去死的事件呢？為什麼當標榜人道主義的政權上台，就會死人無數？封建的傳統時代，就算文字獄最嚴厲的清代，文人還是有不少創作的自由、出版的自由，為什麼標榜要給人解放的人上了台，卻不許別人發聲（更悲慘的是不許人不發聲）？到現在，中國大陸所有的報紙電台還有出版社，沒有一個不是執政黨黨營的，知識分子有任何創作與出版的自由嗎？人民有任何發表「不同意」的自由嗎？要知道「解放」（Liberation）一詞在英文裡就是指使人自由的意思。

從理想的角度談左與右，都有豐沛的理由，但所能解決的現行層面的問題，其實都很淺，也不很實際。歷史上的矛盾與恩仇，我們是解決不了的，對這一歷史上的仇恨，是該繼續下去呢或是原諒，才是問題的癥結。巴黎公社時代就有的〈國際歌〉（這是一首最能代表左派理想與情緒的歌），開始便說：「起來，飢寒交迫的奴隸，起來，全世界受苦的人。滿腔的熱血已經沸騰，要為真理而鬥爭！」這幾句話確實讓人熱血沸騰，因為站起來不是為自己，而是為受苦的大眾說話，是為世上不平的事而抗爭，這種動機是何等的莊嚴與偉大？「飢寒交迫的奴隸」，以文學創作而言，是個強烈的象徵，也是明白的指喻，用這種手法，使得這首歌充滿激情與張力。但緊跟在後面的是：「（我們要把）舊世界打個落花流水，奴隸們起來起來！」可見他們主張戰鬥，是要把舊世界全部鏟除的，這就需要採取某些暴力手段了。〈國際歌〉的重點其實在最後一段，那段說：

是誰創造了人類世界？是我們勞動群眾。
一切歸勞動者所有，那能容得寄生蟲！
最可恨那些毒蛇猛獸，吃盡了我們的血肉。
一旦把他們消滅乾淨，鮮紅的太陽照遍全球！

這些話現在聽起來覺得太過偏激了，但在那個意識型態統治的世界，所描述的卻是事實，因為在那兒確實是殺戮不斷，一片血腥。冷靜下來，便知道這歌詞誤導了大眾，譬如第一句「是誰創造了人類世界？是我們勞動群眾。」我們得問，真是「勞動群眾」創造了「整個」人類世界嗎？其中「領導」勞動群眾的人算不算在內呢？在孟子時代，就有「勞心」與「勞力」的說法，請問勞心者是否能算成「勞動群眾」？還有設計創造「人類世界」的工程師在不在內呢？在核算人類的整體成就時，否定勞動群眾的貢獻是不對的，但把所有人類世界的所成只算在勞動群眾頭上，也顯然是錯。左派明知這是謊言，或者是邏輯上以偏概全的謬誤，卻還是要這麼主張，他們的說法是，以前虧欠我們的，要一次連本帶利的「要」它回來，所以說謊有什麼要緊？

謬誤已經不對了，說謊則更糟。以前地主霸占了我們大批的土地，自己不事耕種，卻坐擁土地的利益，便應該算是左派所謂「寄生蟲」了，我們要地主吐出他們霸占的土地也許合理，但等革命已成，地主已滅（國家與「黨」成了最大地主），我們還跟原來的地主的孫子曾孫繼續算帳肆虐，認為他們是「黑五類」，得接受我們給的不合理待遇，而且這種不平的責罰永無終日，這就是太過分了。因為這些地主的子孫現在也許比「貧、下、中農」還窮，一無可「還」之外，對他們索債，還違反文明世界的公平原則。但左派對此，卻從來不作懷疑，任憑這種不公平的事在後世不斷發生。這一點證明仇恨與激情，是自來與左派聯在一起，從來密不可分的。

忿恨與激情，總會慢慢消失吧，因為人會成長。我聽人說過，一個人三十歲之前不左，這人的心靈有毛病，而到四十歲還左，則這人的腦子有毛病，聽起來是句玩笑話，但也有真理存在。因為一個人到孔子說的「不惑」的四十歲，人格要算成熟了，除了能分辨是非之外，閱歷使他增加了人生的寬度與厚度，比較知道世界的真相，也比較會原諒自己與別人了，帶著仇恨與暴力的左派思想，便漸漸離他而去。

但不是說人有了年紀，就得變成是非不分。一個到年老還堅持左派理想，是值得同情的，也值得敬佩。人到老都不世故，這點本來就困難，他總是喜歡動氣，而動氣並不是為了自己，是為世間的不平事。他的思想舉措也許常被人視為不成熟、視作「少年輕狂」，那是因為他一點也不鄉愿，這把年紀了，還不願與世俗和光同塵的打混。還有，我說我敬佩年老的左派，是因為他們除理想外已移動不了世界，他們手無寸鐵，絲毫沒有施行暴力的能力，一個只有理想卻毫無暴力傾向的左派，豈不顯得十分可愛嗎？當然，一個曾經滄桑的老人，如果能夠對「施暴」過他的世界多一份寬諒，那就更好了，我一直想，晚年的托爾斯泰或許就是這個樣子的。

蘇聯垮了，大陸變了，左派思想在世界早已凋零殆盡。左派比較激進，比較幼稚，革命者總需要有特殊的大器與霸氣，而且不能老是去考慮細節，所以顯得毛躁。如果說左派代表年輕，代表理想，便也有值得珍惜的地方。

千萬不要夸夸而談，說在我們台灣有什麼左派，無論政壇或文壇，其實從來都沒有過，是幸或不幸呢，就很難說了。

同學會

我已有接近五六年沒參加高中的同學會了，其間他們舉行了幾次，每次都因為我有事無法與會，這次幾個同學及早通知，說要在故鄉舉行，又說今年是我們高中畢業五十年紀念日，「人生有幾個五十年呢？」一個同學在電話那頭說，就是再忙，似乎都算不成理由了。

何況我沒事。我答應去參加，一個老同學在電話中告訴我要坐葛瑪蘭客運車去，說由於經雪山隧道，一個多小時就到了，票價又便宜，他跟我交換了手機號碼，說可以彼此聯絡。結果那天車子剛上第五號高速公路不久，他電話就來了，他的電話讓我高興，我突然對這天的一切期待了起來。車在平緩的高速公路走得很安靜，在雪山隧道前我睡著了，似乎睡了很久，但其實只一下子。

我想起這幾年我參加過的同學會，次數其實很少。我的同學會指的是小學與中學的同會，我從未聽過我大學同學發起過同學會的，算來我大學畢業也四十多年了。我們大學那班，彼此往來並不很密，我與其中一些人有過過結，所以後來就斷了音訊了。同學會應是有的，但我從來沒去參加過，後來他們也就不聯絡我了，我想「背離」的責任在我，而不在主辦的同學。

後來我讀台大研究所，不論碩士班博士班，同學都很少，只幾個人是無法形成同學會的熱力的，再加上同學後來又大多在大學教書，中文系的圈子並不大，總有機會藉開會或其他理由見面，同學會也沒必要了。所以一提起同學會，我想起的都是中學同學相聚的事，也偶爾會想起小學，因為我也參加過兩次小學的同學會。

先說說小學的同學會。我在台灣上過的小學一共四所，我說的同學會是我讀的最後一所，我是那個學校的畢業生，其先的三所學校規模都比最後的一所大，學生也多，想他們一定有同學會的，只是他們不可能記得我，所以從沒邀我參加。我畢業的小學名叫「聯合勤務總司令部附設宜蘭小學」，這是正式的名字，刻在關防上蓋在我們畢業證書上面的就是這個名字，但沒有人記得它，大家都叫它「子弟小學」或者「被服廠子弟小學」。被服廠是指聯勤第一被服廠，廠在宜蘭的羅東，聯勤是「聯合勤務」的簡稱，當時是陸海空之外的第四軍種，負責的是三軍的後勤補給，地位與其他三軍是完全一樣的，也設有總司令部，也有總司令，以前黃仁霖、溫哈熊、蔣緯國等都做過聯勤總司令，這個特殊的軍種後來裁撤了，現在能記得人已不多了。

子弟小學雖然校名輝煌，但設備簡陋，是由一家廢棄的鋸木廠改成的。我因二姐在被服廠工作，也混到入學的資格，算起來我不是被服廠之「子」而是「弟」。選擇讀這所學校的最主要原因是福利，當時讀國民學校因為是義務教育，不收學費，連課本都由政府供應，每個人都應該讀得起。但鉛筆簿本還是要自己買的，另外還有項負擔就是制服，子弟小學因是被服廠辦的，被服廠以縫製軍服為業，當然可以提供免費的制服，而且都是量身訂做的，還有學校因為小，文具紙張也可一體供應無缺，有此福利，當然就讓人趨之若鶩了。

這所被服廠由首都南京搬來，起初裡面的工眷也以南京人居多，這可從他們住的眷村都命名「金陵」看出來，所以這是所「外省人」的學校，在外面常受人側目。當時本地人對外來人排斥嚴重，尤以鄉下為甚，我們排隊放學，走過街道常被一些偏激人士以台語罵作「四腳豬仔」，臉上帶著鄙夷的表情，這四字一看就知道是畜生的意思。有時話說長了，會變說成「外山來的四腳豬仔」。宜蘭、花蓮常被台灣西部的人視為未開發的「後山」，「後山人」就把外來人泛稱為「外山來的」，其實稱外山來的只有點「見外」，並沒有敵意，但後面帶豬仔的四字就有敵意了，不但有敵意，還有輕視蔑視的含意的。不過那些事當時都見慣了，也無須再談。

我算那所小學的第二屆畢業生，我們那屆畢業生我記得只有九個。在我讀高中的時候，這所學校就關門歇業了，說是由廠方辦學的政策改了的緣故，讀過這所學校的人不多，但凝聚力還是有的，隔幾年總會辦一次很有規模的同學會，這同學會不像別人以班級為單位，而是整個學校一體的。

我參加過兩次小學的同學會，我們一、二屆的學長很少與會，所見多是學弟妹，有的認識，有的其實全沒印象了。每次參加這類的活動，都讓人覺得自己確實已經進入了老境，想到要與舊識相見，也會有載欣載奔的心情，但一見面也就冷了，因為總是無話可說，才知道說話的動力是要靠不斷交情來培養延續的，許久沒說話的人，見了面其實很難開口，我極不喜歡說應酬話，也不善說，待在那種外熱內冷的場合總令人不舒服。

我不常參加同學會還有個原因，因為我怕看到某一族群逐漸隕落的淒涼景象。我指的某一族群，當然知道是在台灣的「外省人」。當四九年前後，一大群外地人剛從中原移居到這個他們口中「鳥不生蛋」的鬼地方（這句話有語病，外地來的有些是來自比台灣更荒涼的地方，很少來自真正的「中原」，何況亂後的中原，恐怕也無多盛景可觀），這地方的人被日本統治了五十年，連國語都不會說，剛來的外省人在語言與統治權上無疑都占有上風，其實他們都是剛與共黨戰敗的一群可憐蟲，或者是可憐蟲的家屬，但面對低劣局勢的本地人，總是覺得還是有些風光的，這是當時外省人的狀況。然而曾幾何時，這種優勢就被搶奪一空了，這一方面在人數上吃了虧，外省人的比例占台灣總人口百分之十五左右，時間久了，便看出大小之勢了，再加上「外省人」其實是人家硬叫出來的，這百分之十五的外省人來自五湖四海，彼此也「外省人」相視，相異大於相同，並不團結。後來處境不好了，便怪自己沒本事，自怨自艾得厲害，但某些場合，面對本地人又保持著一些往常的自大，總之矛盾得很。

有些「外省人」到陳水扁當政，還改不了自大的空虛，不太肯認同這塊土地，而他們口中父兄的所來地「中國」，也變得面目全非，真實面他們無法掌握，因此所言都是浮誇不實的居多。彼此見面，共話美好往事之餘，多以感嘆時局為終，言談之間，總有一種莫名的暮氣。這讓我想起少年時在開羅受西方教育的巴勒斯坦人薩依德

（Edward W. Said, 1935-2003）的故事，他曾自以為受過西方教育的他高過一切，但當納瑟（Gamal Abdel Nasser, 1918-1952）在埃及革命成功，埃及人民民族氣息高漲，這時他受的西方教育不再是資產而成為負債了。薩依德在他自傳 *Out Of Place* 中說過：

「我們的」環境變成「他們的」，「他們」也者，就是我們先前只顧自己，在政治上不大留意的埃及人。

有次聽一位朋友說，在台灣好不容易弄到一塊可以立椎之地了，人家說你是外來政權，要趕你出去，那邊呢，連你祖宗的墳都刨光了，我們這一代真無處為家呀。另一個朋友趕著應和，說的是這一代「我們」外省人的不幸，我當然知道，那些都是相濡以沫的話罷了，是彼此取暖用的，當不得真，但後面淒清的背景，讓同學會的氣氛變得令人不好受。

當然也有一些很好的事，不期而遇常勾起一段早已忘了的記憶，學校解散都超過半世紀了，教過我們的老師，大約都不在人間，然而有一次，主辦人竟然把我們小時的一位美術老師請來了。這位老師姓李，是安徽人，教我們的時候還是個生澀拘謹的年輕人，他的畫並不算好，寫字卻獨具特色。那時比較正式的字都由鋼筆來寫，他喜歡在字的轉折處再塗上一小筆，尤其在橫筆轉成直筆的地方，所以他的鋼筆字不光是線條，而是有「面」的，有一點像毛筆寫的，他當時叫這種寫法為「美術字」，我們年紀小，不明究竟，但很多人學他，我也學了陣，後來覺得玩玩倒好，用來書寫太麻煩了，而且我寫來並不好看，就不學了。想不到遇到李老師，他說在我們小學解散了後，到幾個學校教過，最後是在台北的士林國小退休的，已有點重聽，問他話也答不很清楚，但看到他真高興。

我記得李老師喜歡講鬼故事，課餘我們常找他講，一次晚上，不知道是什麼場合，他說在「我們」安徽，鬼要比人多多了，要遇到鬼是太方便啦。我忘了他還說了些什麼，但他對安徽「產」鬼的描述，一直跟著我，一次遇到一位安徽學者還特別問過他，當然引起一陣哄笑，他說，若要計算，這世上哪一處不是鬼多於人呢？確實，我又想起明末歸莊一首詩中有「人何寥落鬼何多」的句子，不禁啞然。又有一次在內湖的聚會，見到了一位教我們唱歌的林秀蘭老師，看起來跟我年紀相差不少，比幾個顯老的同學還年輕呢。她主要是教低年級的唱遊課，學校解散後，她到台北市政府附設的幼稚園當老師，當然也退休了。她見到我時問我姐姐還好嗎？原來算起來她跟我二姐年齡相近，也許她們以前一度熟過，但同學會亂哄哄的不好說話，我沒把姐姐已過世的事說出來。

這是小學的同學會，這幾年好像停了，或者忘了通知我，便再沒有那些同學的消息。我後來讀地方的中學，從初中念到高中，由於宜蘭縣的蘭陽溪之南只我們一家縣立中學，學生來自「溪南」的四方各地，外省人的比例就少了，初中男生班一個班通常只四五個外省人而已，女生班好像多一些，高中班就更多一點，這可以看出來，外省子弟人數少，但就學的意願高些，當時本地人受教育的機會並不普遍，女性更甚。

在學校教學使用國語，所以學生都能說流利的國語的，但奇怪的是當我們畢業之後，一些人的國語據說都「還」給老師了，平常使用的少了，每次同學會，台語的比重逐漸增加，當我們舉辦畢業五十年的同學會時，幾乎已聽不太到國語了，這是由於宜蘭還很偏僻，民間守舊之風還是有的。對我而言，並不算壞消息，我原本會說台語，但因從事職業的緣故，已不太說了，正好用這機會來復習。還有我一直認為台語在某些地方特別優美，它的歷史比國語要更老許多，它保存了很多中國傳統的東西，包括語法與語素，是國語反而沒有的，我跟其他外省人與本省人不同，我比較能欣賞台語的優美。但同學大多說台語，不是這個緣故，有些是懶得說國語，有些是因為「本土意識」。

看到一群蒼蒼白髮的老先生老婦人，想他們曾有童稚少年的時候，本身是個笑話，而以我們親身經歷而言，這笑話並不可笑，而是真實，只是說起來，有些難以啟齒，因為自己也是其中的老人之一了。

我很想聽他們說往事，但他們很少說到，所談，都是目前身邊的事，都很細瑣，又與我一無關聯，男生總會談到政治，就會把場面弄得熱鬧些，尤其在有酒喝的場合，但所談也多是地方恩怨，內情都不是我知道的，所有政治意見都參有強烈的個人情緒，連帶不該有的怨懟與仇恨也出來了，跟他們一塊兒，我有些不自在。

見到幼時的老朋友，看見世事變化之大，讓你知道知道「天地曾不能以一瞬」，其實就夠了，不要想太多的好，人有時是須要「忘情」的。李白詩：「醒時同交歡，醉後各分散」，人生本如此，也不須過於悲憤。

楊兆玄

我忘了最近這一次是在什麼機會下遇見楊兆玄的，好像是老同學相聚的場合吧。那天恍惚得很，剛見面時，覺得看到的是他的父親，他太像他的父親了。我們都已經老到可以仔細檢視自己的一生了，人的一生，豈不總在重複父親所做過的事嗎？就算父子的關係不見得好，好像是屠格涅夫在《父與子》裡面說的。這重複，該不只是指容貌舉止而已，還有一些別的東西，潛藏在生命的更深處的，但一時間也無法細察。

我與楊兆玄是小學同學，他的祖籍是山東蓬萊。他雖出生蓬萊，對那裡卻沒什麼印象，第一是他很早就隨父兄一道出來，那時他還小，很多都記不得了，這蓬萊兩字雖然讓人聯想到與仙人有關，其實是個鳥不生蛋的窮地方。我之前連聽都沒聽過，更別說去過，當然不能妄加評語，這「鳥不生蛋」四字是楊兆玄自己說的。

我們讀的學校很小，我那班畢業的時候才九個人。楊兆玄的爸爸在我們學校當工友，大家叫他老楊，小個兒，剃了個光頭，背還有點駝，就顯得更矮了。學校就一個工友，什麼事都得做。幾個老師包括校長起初都單身，大部分在學校住，學校得張羅他們吃的，便有一個廚房，請了個廚子幫他們煮飯，也許因為錢給的少，只開一桌，也沒油水可抽，廚子總是換人。有時青黃不接，會請老楊代班，老楊會做啥？只會用土法烙餅，還有就是蒸饅頭了，老師南方人居多，嫌他不是，不嫌又吃不下，弄得有點尷尬，有時得自己下廚燒灶，弄幾樣小菜，老楊脾氣好，倒沒見他生過氣。

他家因此有很多蒸好沒吃的大饅頭，也有烙餅，都用粗布層層包著，該是老師們嫌口剩下的，據說餅與饅頭得用白粗布包著，才不會發乾變硬。楊伯伯（我們總不能跟老師一樣叫他老楊）做的那些麵食老師見了都皺眉，但我們幾個小孩都喜歡吃，都在長個兒的階段，每項食物對我們都誘人得很。我覺得壓得很實的山東饅頭，不但有嚼勁，吃過了口腔還留著一陣令人醉飽的澱粉香，山東人喜歡在饅頭與烙餅中間夾著生的大蔥吃，有時還在大蔥上塗上一些自製的甜麵醬，說是甜麵醬，其實鹹得很，我不太喜歡這種吃法，覺得就算幾根大蔥，也破壞了饅頭的天然韻味，不如什麼不加的空口吃來得好吃。

他們一家五口，楊伯伯與楊伯母都說很「土」的山東話，但北方話再土，也算好懂。楊伯母還裹著小腳，走路一拐一拐的，楊兆玄有兩個哥哥，大哥在警察學校讀書，以後打算做警察。他的二哥比他稍大，當我們轉學來這所學校讀五年級的時候，他二哥也進來讀六年級，只高我們一班，一年後以第一屆畢業生畢業。我後來才知道，他二哥比我們不只大一歲，連楊兆玄也不是跟我同年，楊兆玄好像比我大兩歲。我們那個時代碰上局勢亂，沒一個人的年齡是可信的，報戶口的時候，有時為了可以領「大口」的配給，就報大了歲數，有時怕耽誤了求學，又把年齡報小了，反正亂得很，等以後戶政上了軌道，就將錯就錯下去了，這是「大時代」不得不有的現象。不過我們還小，都管不上這些，有些錯的，就連大人也不很清楚。

楊兆玄一家住在學校，他們的地方，大家叫它防空洞，其實不是，是日據時代留下來的一座紅磚做的圓形碉堡。學校旁邊是鐵路，又離車站不遠，也許以前是用來守鐵路的，但不遠經過的河川，把地基弄軟掏空了，碉堡建得雖然厚實，卻有一部分埋在土裡，就讓人誤會它是防空洞了。這座碉堡的大門原本有土堆做成的「掩體」，後來拆掉了，就用一張現成的木門遮蓋，碉堡的機槍口，就成了這座特殊房子的窗戶。我們學校是由一家廢棄的鋸木廠改建而成的，都是木製瓦房，裡面雖有隔間，但大多沒有天花板，舉頭看得到歪棟斜梁，屋瓦與梁隙偶有鳥建窩築巢，猛不防還有鳥糞落下，令人頭痛得很，相形之下，楊兆玄住的，倒是間磚造的「豪宅」呢。

楊伯伯因為做工友，必須住在學校，伯母就不一定住在學校，連帶大哥也很少看到，想是他們在外面還有落腳之處。在我讀五年級的時候，還見到他二哥，等他二哥畢業，學校只留下楊兆玄與他爸爸兩人了。他二哥後來在鎮上讀初中，成績很好，畢業後考上人人稱羨的師範學校，當時師範是跟高中同級，在校三年一切公費不說，畢業後當老師又有薪水可拿，是我們窮人的最高夢想，但師範不好考，這志願不見得人人都能實現。楊兆玄的成績也好，在小學時，每次考試，都是班上第一，他的字寫得尤其好，不論毛筆鋼筆，都端正秀雅，絕不類同年級生的塗鴉。有一次教我們書法的張鴻聲老師舉起他的毛筆字說：「古人說寫字可通聖賢之道，你們看出來了沒有？」

後來我們小學畢業，楊兆玄跟我一起考上了同一所初中，他成績一直比我好，想不到考初中時名次卻稍落我後，這「意外」讓我得意了好一陣子，我們後來編在同一班。但我後來後繼無力，讀完初二竟然留級，便沒同班了，彼此就越走越遠。讀高中的時候，他考上更好的省中，我後來勉強把初中混畢業，到台北試了試師範學校，結果鎩羽而歸，只得在自己的母校繼續讀高中，當時我們不同年級之外，再加上所讀學校不同，要見面就難了。

他讀的高中比我「高檔」（省中與縣中之別），按理說出路比我要好，但他省中畢業，竟一聲不響的進陸軍官校去了，是沒考上一般大學才去讀官校的嗎？（當時年輕人對「棄文就武」，都有心不甘情不願的樣子），或是他跟別人不一樣，根本就想從軍呢？我從沒機會問。後來我讀大學，很少回宜蘭，便是回去，他也不見得在，便一直沒機會再見了。

我跟楊兆玄的回憶，過了初中便很少了，我讀大學之後，見面機會更少，幾乎沒有。後來輾轉知道他在軍中服役並不順遂，大概只做到少校就退下來了，當時軍人退伍的福利不好，而他讀陸官也算大學，便經政府的「輔導」，派到故鄉的一所國中任教，算起來是可以過平穩的日子的。但他命運一直多蹇，他有過兩次婚姻，都以離婚收場，第一位妻子留下一個智障的女兒，到現在還一直跟他同住。第二次婚姻，聽說是他教過的學生，起初美滿，卻也不知怎麼弄的，後來也搞成反目走人，所生的一個兒子最後也不認父親，套句成語，真叫做「妻離子散」了，再加上聽說他有心臟病與糖尿病，照顧自己都有困難。一次遇到他，他告訴我，他曾中過風，還算輕微，叫做小中風，是糖尿病引起的。他說那次他在自己家門口站著，只覺得有哪裡不對，頭暈得厲害，正好有鄰居經過，是央鄰居送他到醫院的，幸好治得快，只影響了一點腿與手的功能。我記得他指著天說，是「主」在護著他，否則不會這樣輕，我聽了笑著說是是。他自幼信教，那次見面，我們都過了六十了，按理桑榆之年，是安享家庭幸福的時候才對。

▪

我記得很久很久之前我們曾見過面。那次是他向我拉我保險，我回絕了他，當時我義正辭嚴，現在想想，覺得確實真是小題大作了。這事我一想起便後悔，假如換到現在，我一定會成全他的，一方面是我的經濟條件好了，一方面是心境，到我們這種年紀，便知道世事是沒有那麼可確定的，因此無須堅持什麼，我當時秉持的理由，現在想起來也有些可笑。

那時我在桃園的一所學校教書，年紀大約剛過三十不久，應該是民國六十一二年吧。一天我在桃園景福宮大廟口遇到了他，他穿著軍服，領上別著少校的領章，樣子很英挺，只是個子矮了點。是他先叫我，我驚訝他怎會在此？他答以他現在住在大溪的僑愛新村。僑愛新村是一個陸軍的眷村，我去過，他既住僑愛，表示成家了，便問他結婚了呀，他點頭，我告訴他我也結婚了，免不了彼此道賀。在街上不好長談，便交換了地址，相約不久見面。

當時很少有人裝電話，事先沒約定，是可能要撲空的。沒想才過了兩天，好像是個星期天，他便來我家，內人知道他是我少年回憶圖畫中不可缺少的風景，對他自然也很熱情。談了些不痛不癢的話之後，他從提袋裡拿出一疊資料，一看是一套人壽保險的文件，還有一大冊保險公司的宣傳與說明書，他不拐彎的說，這次無事不登三寶殿，來是想請我們加入他的保險的規畫。他先說人壽保險的重要，再說他們的人壽保險分為幾種，像我們家人，可以分開來保，也可合起來保，各有好處，當然參加保險的人多些，保費的折扣就大些，能享的優利也就更多了。他洋洋灑灑的演說了一大套，都是有關現代人面對風險應該有的態度與辦法，聽起來都很有道理，但這話好像由他說有點不宜，我當時覺得拉保險跟現役軍人的形象相差太遠了，至少跟我心中的軍人是很不相侔的，雖然他那次沒穿軍服。

他看我懷疑這事與他宗教信仰相違，便說：「我知道你在想什麼，是的，人的生死是由上帝決定，但上帝允許人在他不幸過後，用他剩下的財產照顧親人。」又說：「保險公司想法子把這份財產變大，讓它照顧更多，這一切都符合《聖經》裡面上帝的告諭的。」

我沒告訴他我想的其實不是這個。他知道我沒辦法一下子答應他，何況論「保法」也分很多種，他說給我時間考慮，便把資料留下，約好一週後再來看我決定。

關於保險業，我有過一些不很正面的經驗，我讀大學的時候，幾乎也一度誤入此途。我曾到一家當時總部設在台北襄陽路與南陽街口的保險公司應徵工作，進去才知道是要我們去拉保險，我還在那兒上了三天中午有便當的實習課。這三天的課程，讓我把他們金融保險業的各項「惡趣」摸到了一部分，期滿就決定不去報到了。我看得出來，保險公司根本做的是無本生意，因各種法條有利於己，「保險」自己只賺不賠，要你交保費，想盡辦法要你繳的多，但等他們萬一該「理賠」時，就鑽盡漏洞、想盡辦法的給的少，或者乾脆什麼都不給了，使狠耍賴樣樣都來，行徑跟鄉野無賴完全一樣。被保險人都死了，誰還跟他打官司呀？就是打官司，打得過他們有堅強律師團維護的大公司嗎？在法律上看，不賠一毛錢的他們，往往才是「正義」的一方呀。

我自不想參加他的保險，世界其他地方是不是這樣我不知道，但我確信台灣當時的人壽保險是一場不折不扣的騙局，是資本家無情劫取大眾金錢的手段，當然我不能怪楊兆玄，這騙局不是由他所設。說起楊兆玄，也有讓我同情的地方，這是我在他第二次來我家時想盡辦法「套」出來的實情。他的太太除了患有憂鬱症，還有其他生理的疾病，剛結婚時看不出，後來病症一一出現，有時還會鬧自殺，攪得家裡上下一片亂，要治病，他當兵薪水全用光了不夠，必須另闢財源。我問你這樣做部隊允許嗎？他說當然不許，但家裡的事有時也鬧到部隊來，長官的眼睛也只得睜一隻閉一隻了。

在不得已的情況下，我想出了一個「兩全」之計。我知道保險公司會把我第一次所繳保費的幾成當成他的佣金的，便跟他說，我決定只繳一次保費，但請他不要交給公司，我要把這次所繳全數送給他，說明白一點，這樣他可拿到第一次保費的全數而非一部，對他更為有利。他在弄懂我意圖後面露不愉之色，我解釋說這錢就算給了公司，對我一點好處也沒有，因為我不會繼續繳保費，依保險法規定，我就等於放棄了保險，不會有任何福利的，錢給了他們，等於把小石子丟進水塘裡，一點作用都沒有，不如給你，倒實惠些。我說我對保險公司深惡痛絕，不希望日後受他們的騷擾。

他顯得十分不快，當場拒絕了，臨走有點怏怏的說：「我是想到保險對你好，才來邀你參加的。你這樣給錢，我不等於在討飯嗎？」我只有深深賠不是，然而原則使我堅持。後來他沒再來過，當時我覺得自己沒錯，但知道已經傷害到他了，心裡還是忐忑難安，內人也責備我用詞太強烈了，說就算沒有惡意，別人也受不了的。

有一天我趁空，買了簍水果，騎了輛向朋友借來的摩托車尋址找到他家，想向他致歉。他住的僑愛新村是座很大的眷村，雖在大溪，卻離桃園不遠，我有幾個學生住在那兒，當時名作家朱西甯一家人也住在那兒。

那天正午，正好豔陽高照，長巷蒸熱，一個人都沒有，平時熙攘的眷村出奇的安靜，我依址找到他家。我從虛掩的大門外叫了幾聲，沒回應，便推門進去，一進去發現暗中只一個女子在，我問是楊兆玄的家嗎？她點點頭，我說那你便是大嫂了，她沒表示。我細看，她比一般人要胖，她坐在一張有扶手的籐椅裡，一動也不動的。我說我是楊兆玄小學同學，現在來看你們，問楊兆玄在嗎？她先是沒回應，後來說出去了，問到哪兒、幾時去的都答不上來。她的眼睛大卻缺少光彩，皮膚慘白又鬆弛，分明是長久沒見陽光的緣故。

她不搭理我，我也不知該如何說話，室內的空氣不好。我遊目四顧，是個不大的房間，當作客廳用，中間有張餐桌，上面有半碗吃剩的麵條，汁液與油垢到處都是。白牆上兩個木製的鏡框吸引我的目光，一張是他們彩色結婚照，楊兆玄穿的是深色西裝，旁邊穿白紗的新娘，樣子像個高中生，笑得十分燦爛，另一張是他與後來當陸軍總司令的蔣仲苓的合照，後面有裝甲車，應該是在軍營照的，兩人都穿著正式的軍常服，照片裡蔣將軍微笑著，楊兆玄則嚴肅的恭立在旁，樣子有點僵，但看得出來，那時他對未來是有憧憬的。

我覺得呼吸困難，與她又無話可說，便決定走了。我特地把水果簍放在她籐椅旁的小几上，我在水果下面壓著我應許給楊兆玄的錢，是包在一個米色的印有校名的信封裡。我走時她仍安坐在藤椅上，沒有任何表情，空氣是停滯的，又熱又悶。我走出門外，屋外更熱，陽光下的摩托車好像要融化了，塑膠座墊燙得無法坐人，我站在一旁踩踏板發動車子，踩了幾十次也發動不了，最後只得推著車子走，車子重又難推，我希望能碰到幫助我的人，卻一個人都碰不到。幸好推到大馬路上，在一株大樹下，我再試圖發動車子，車子終於能發動了，我一跨上就把油門催到底，把車子騎得飛快，好讓迎面而來的大風，吹乾我一身的汗。

那次我到僑愛之後，便沒他的消息了。兩年後我搬離桃園，直到這次同學相聚恍惚的與他相見，我們其實已分別好幾十年了。

我記得我們談話是在一扇打開的窗前，但腦中渾渾噩噩的，我想問他，他父母都還在嗎，但終於沒問，我覺得自己無聊，都這把年紀了，父母還會在嗎？我又想問他第一位夫人後來怎麼了，我曾見過她，那次壓在水果簍子裡的錢，不知他後來看到了沒？我其實想藉著問這件事來表達我對當年莽撞的悔恨。但到底有沒有問，或者他有沒有答，好像都忘了。

窗外烏雲堆積，不遠處的雲隙有光在閃，那該是下雨之前的閃電吧，就讓雨痛痛快快的下吧，我想。我們都沒再說話。

孔聖人

最近有機會與幾個老同學聊起孔聖人的事。

我們口中的孔聖人不是兩千六百多年前的孔子，而是他老人家的七十七代孫孔德成先生。孔德成先生在世的時候，是我們中央「大成至聖先師孔子奉祀官」，這個官職是從北宋就有的「衍聖公」而來，在民國初年尚稱衍聖公，後來改為此名，是一個「直屬」總統府位置很高的特任官。所有官吏都有任期，也就是有上台下台的期限，而孔子奉祀官是唯一沒期限的，想做多久就多久，好像也不必到立法院去報告備詢，真是個人人稱羨的好位置。但想謀此職位的，得首先確定自己是不是姓孔，其次得證明自己是不是孔子的直系長孫，人家孔府兩千年來的祖譜血脈可寫得一清二楚的，容不得任何差錯，只要這位置有人在，就算想讓給別人也不成。

我在讀大學時，大約在六〇年代，好像有幾次機會見過孔德成先生，是哪個場合已記不得了。等我七四年到台大念書，孔先生是中文系的教授，常能見到他。他那時在研究所開了門「三禮研究」的課，我很想修，後來又開了「金文研究」，對我來說都很有吸引力。我當時對上古史很有興趣，範圍比較接近古代社會學或人類學，我當時透過譯本「啃」了本美國考古人類學家路易斯・摩根的老掉牙的《古代社會》（Lewis H. Morgan, 1818-1881: *Ancient Society*），自覺收益良多，又讀了幾本李維・史陀（Levis Strauss, 1829-1902）比較晚近的著作，對「文明」之前的人類社會，一時充滿憧憬與想像，我想孔先生的課應該對這方面有幫助的。但他老人家的課總開在星期一下午三點，連著上三節，聽說下課還得不時陪他到中華路一家會做孔府菜的會賓樓飲宴，我那時因家累很重，晚上得趕到桃園學校夜間部教書，便「忍痛」不修了。我選了一門排在上午的「甲骨學」，是由金祥恆先生教的。

我在台大或別的地方與他老人家相遇，機會當然不少，有時是開會，有時是純在文學院走廊碰個照面，當然更多是在吃飯的場合，給我的印象是，自我認識他到最後他以八十八高齡「遽歸道山」，前後大約有三十多年到四十年的光景，在這長段時間內，他的精神樣貌，幾乎是保持原狀，沒什麼改變的。第一是他的說話，總是宏亮居多，我好像沒聽過他細細的小聲的說話，他的話有很重的山東腔，但並不難懂，所有的北方話，就算方言也很好懂。孔先生的話，總是用肯定的語氣，譬如判斷事情，總說「這就該這樣」，「就是這樣」，後面接的是句點，不是逗點，更絕不是疑問號。由於他嗓門大，學問又好，也容不得你在他前面說不，一切事就順理成章的成這樣了。

第二是他吸菸的神情。他很早就吸菸了，聽說他吸過紙菸，但自我見到時好像已不吸紙菸了，只吸菸斗，有時也看他吸雪茄，反正菸癮不輕的樣子。經過他所在的第五研究室，老遠就聞到菸味，雪茄的味道有點嗆鼻，但菸斗的煙有一種特殊的焦油香，不算不好聞，我有幾次看他點菸斗的樣子，特別有趣。

菸斗的煙有一種特色，它不會一直燃，「斗主」一不吸它，不久就熄了，所以吸菸斗的人得不時點菸，可以用火柴，考究的得用一種特殊點菸斗的打火機，那種打火機可以側面出火，孔聖人就有一個。他有時跟學生談話，忘了抽菸了，記得時菸斗已熄，他就須要從口袋掏出那個銀殼的打火機，對準菸斗點火。幫菸斗點火是有程序的，首先得把菸斗裡的餘燼清理乾淨，將菸斗反過來在大一點的菸灰缸裡敲它幾下就可，有時菸斗全熄了，不是因為菸草都吸完了，而是因為沒吸而熄，就得把菸斗裡沒燒完的菸草用手指壓實，再添些新的，然後嘴裡含起菸斗，側著臉就著打火機點火，點燃了，先要啪滋啪滋的用力吸它幾口，使它燃燒穩定，後面就可以算是在悠緩的吸菸斗了。孔先生側臉點菸斗時，表情一反和煦，變得嚴肅得很，嘴巴狠命吸著，深怕沒點燃，但一看菸斗已燃燒完整，臉上就不自覺的露出得意的光彩，高興得像小孩一樣。我記得他在吸菸斗的時候，一看有客人，便直覺站起來與人握手。孔聖人跟人握手的樣子有點好笑，他斜著臉，左手拿著冒著煙的菸斗，右手放在胸前讓人來握他，而不是把手伸得很遠的去握，我有次聽朋友說，他把右手放在胸前是要人走近他，側著臉聽人說話，是他有重聽的毛病。

可能得《論語》上說「惟酒無量，不及亂」的家傳，孔先生的酒量大、酒品好又有酒趣，在校內校外都大有名聲。台大較早的一群學生，因選了他的課，課後留下來陪他老人家吃飯喝酒，慢慢養成了飲酒的習慣，酒興既起，彼此往來不輟，後又組成「酒黨」，加入者不乏名人，成員多是翩翩君子。酒黨黨友相聚，勸酒絕不鬧酒，酒後亦不亂性，彼此以清流自勵，成為學校文壇的趣譚（該黨的「黨魁」便是我們學長曾永義，最近當選中研院院士，成為該「黨」與台大中文系的佳話）。

孔聖人一直善飲，早年喝的以白乾（高粱酒或高純度的白酒）為主，也喝啤酒，但啤酒酒精含量低，對善飲者來說，只是「漱口」用的，真喝還是得喝俗稱「燒刀子」的白酒。他在吃飯時，喜歡找人乾杯，當然他年紀大輩分高，總不好由他來敬酒，在下座的學生就得一一起立來向老師敬酒了，老師喝酒從來不「隨意」，要就一滿杯，學生得先乾為敬，久了，自然酒量大增。乾白酒時因為杯子小，可以把杯子在唇上一抹，然後揚觶以示已乾，喝啤酒因杯子大，就不好做那些動作了，但喝酒就得乾脆，說乾就得乾，不拖拖拉拉，才顯得出飲者的豪氣，這是我偶爾參與飲宴所得的心得。酒黨朋友老喜歡引《易經．乾卦》「君子終日乾乾，夕惕若，厲，無咎」那句話，在書裡乾乾要讀成「前前」，乾乾就是勤奮努力的意思，整句話是說，君子整天都很勤奮努力，一直到晚上還警惕著，這樣就算遇到壞事阻擋，也一定過得去的，這是《易經》裡面的意思。但酒黨朋友每每喜歡引這兩句，又故意把「乾乾」兩字讀成乾杯的乾，說聖人要我們做君子的每天得乾杯，而且一次要乾兩杯，否則怎麼成了「乾乾」呢？說了這話，後面跟著的必然是轟然大笑以及豪飲的聲音，氣氛高亢得很，孔聖人在旁看了也高興得不得了，他最喜歡這種熱鬧。

酒黨的一群朋友，連喝了幾十年，有的因為痛風，不得不忌了喝啤酒的習慣，據說白蘭地也是高風險的酒類，也忌了，只能喝中國的白酒或威士忌，但畢竟上了年紀，能飲善飲者紛紛退下，想不到他們的孔老師更老，卻一點問題都沒有似的，每次還是大杯飲酒，沒什麼顧忌。我最後一次陪他老人家吃飯，是他過世前不到一年，他還能「獨飲」兩大瓶法國的紅酒，席中談笑風生，洋洋不亂。

孔聖人在學校教三禮，也教「金文」，所謂金文是夏商周三代鐘鼎彝器上的銘文，因為銘鑄在金屬禮器上面，便叫它金文了。這種書體比小篆還早，所以也稱「大篆」，據說是古代史官太史籀所創，又稱它「籀文」，算算年代，大約是孔聖人的遠祖孔老夫子孔仲尼先生在世時使用的文字了。孔聖人既教這門學問，自己當然也得是個書法家才是，而事實也確實是。

孔聖人擅書，但很少公開，也不輕易幫人寫，所以流傳不很廣。他曾任考試院長，考試院的幾個建築上的「榜書」都是由他寫的，此外台北圓山大飯店的招牌也是他早年的墨寶，他的字遠看氣勢岸偉，在點捺之間卻又透露出一些說不太出的秀氣，說白了就是寓柔於剛。

所謂榜書就是趙松雪說的「擘窠大字」，得寫得極大，要把極大的字寫得四平八穩是很難的，因為人的眼睛與腕距有限，超過某些尺寸，字就變形了，所以寫這類字，特別講究眼力腕力，當然還要有特殊的胸襟氣度，缺一不可。明代李東陽（一四四七—一五一六）在年少時即善寫大字，識者認為元氣淋漓，必當國家棟梁之材，後果以文淵閣大學士主內閣為首輔，成為明代罕見的賢相。我們老師中間，臺靜農先生是有名的書法家，但他從沒寫過榜書，現在書法界更少有這類本事的人了。世面大型招牌往往是把小字放大了當榜書來用，但說也奇怪，放大了的字不管再好，跟原來寫就的大字是不能相比的，舉例而言，目前忠孝東路上的善導寺，寺外高樓高懸「大雄寶殿」四字，是請大陸書法家趙樸初先生寫的，趙老的字還算好，沒有大陸一般書法的油滑囂張氣，但這四字看得出是經過「放大」手續的，字一經放大，便覺底子虛了點，再也「撐」不開來了，與趙樸初的字比較，才知道孔老師的榜書貨真價實，他有這個「獨門」本事，是多麼難得的呀。我一直覺得孔聖人生命中的某個部分有藝術家的特質，這點與他遠祖孔老夫子很相同，孔子的道德不是說教，而是一種美化了的生活，一切從自然流出，不是裝出來的，那叫生命的氣度。孔老師該是對生命底層的幽獨感情深有體悟的人，當然還有一種特殊的胸襟藏在心中，可惜我一直沒有機會與他更親近，他的學生雖多，而且有成就的不少，但在這一點能深有體會的，好像沒有，可惜了。

有一天我跟女兒到台北市瑞安街的一轉角咖啡廳喝咖啡，抬頭一看，對街一家白底黑字招牌寫著「龍門客棧餃子館」，竟然是孔聖人的題字，還落了書家的款呢。後來把此事告訴好友何澤恆，他說這家餃子鋪三十年前原在台大對街轉角，就在老「鳳城」附近，可能孔聖人路過吃了他們家餃子，店家央他寫的，孔聖人望之儼然，可一點架子也沒有，隨和得很。

我後來聽說這位孔聖人的出生還有很特別的傳奇色彩，孔聖人的父親是第三十一代的「衍聖公」孔令貽，與「德配」與續弦均未留下「哲嗣」，只有將續弦陶氏的貼身王氏收為側室。王氏在孔令貽生前生有兩女，民國八（一九一九）年王氏再度懷孕，但不知是男是女時，衍聖公已病故，假如生的還是女兒，這一支血脈的承祧權就沒了。所幸我們的老師孔聖人於隔年的春日適時誕生，但他的生母於生他後十七天因病去世，所以孔聖人從小便無親父母，是在孔府由長輩照顧成長的。

孔府歷來在道統與政權糾葛中存在，老實說雖然條件優渥，但卻不利小孩成長，可幸這出生在亂世與複雜環境的小孩很聰明，會讀書又會選擇自己的道路，他不太管政治權力上的事，只專心學術，終於成了一個很不錯的學者，而且清簡度日，不奢求富貴。他後來從事的「奉祀官」是有薪水可領的，所以在台大雖是教授，卻只領兼任教師的鐘點費，而鐘點費又少得可憐，請學生吃飯，總得自己掏腰包。後來出任考試院長，俸祿擇優領取，當然收入很好，但據與他親近的葉國良先生說，他台北家的一套沙發，用了四十年沒換，已經弄到不堪坐的地步，而家居狹隘，好像也不求改善，超脫的志趣使他喜歡過簡樸的生活，而志趣又多半源自他的真性情，葉國良說。

孔聖人過世時，喪禮辦得並不好，總統府頒了褒揚令，因為身分特殊，總統與各院院長都到了，但承包的禮儀社並沒有把這事看得很重要，連政府也一樣，好像在應付故事，一切顯得潦草隨便，孔府家人也抓不定主意，那些後生晚輩，懂傳統禮節的也少了。我記得孔老師在台大最初幾年教書，曾指導學生表演《儀禮》裡面的〈士昏（婚）禮〉一章，而且請電影公司來拍成電影，當時一切簡陋，影片當然是黑白的，而且無法現場錄音，影片的聲音是後來「拷」上去的，顯得落伍得很，但可見年輕的孔老師確實有想法，想把我們中國傳統的禮制留下一些紀錄，讓後世有個準則可以取法。孔子最敬佩的古人是周公，周公最重要的貢獻在「制禮作樂」，孔子不是還說過「不學禮，無以立」的話嗎？這裡的「立」是包括立國與立身兩層含意的。《儀禮》上有冠禮、婚禮也有喪禮，這些禮節是儒家理念之所從來。我想到目前我們社會一片「禮壞樂崩」，婚禮像幼稚的遊戲場，喪禮則充滿迷信，一點都不符合傳統慎終追遠的精神，大多數人其實都沒有可遵循的禮節，任憑無知的「禮儀社」在其中胡攪，我們為何不趁孔聖人之大喪，好好弄一套既不背傳統，又可在現代施行的喪禮禮制出來呢？至少在孔聖人的喪禮中演示一下，好讓人知道「斯文在茲」啊。專家是有的，研發一定可成，可是台灣上下，一片渙散，不是爭權奪利的事，都沒人肯注意。

唉，大雅久不作，吾衰竟誰陳？能說的，就這兩句了。

華仲麐先生

華仲麐先生是我讀東吳大學時的老師，從我大一教到大四。當時東吳不像樣得很，中文系有四個年級，學生總數共兩百多人，卻只有華老師是專任教授，其餘的都是兼任不說，連系主任都是兼任。系主任是洪陸東先生，好像出身法界，在大陸做過司法行政部的次長，他當時已高齡八十餘歲，是個詩人，也是個書法家。洪先生在系上開了門杜詩的課，但他上課總在唱獨角戲，他浙江黃巖的方言太重，幾乎沒人聽得懂，他只上課時來學校，其餘的時間見不太到他，系裡的他事一概不管，既不想管，也管不著。系裡還有兩位助教，做監考及打雜的事，我讀書的時候，兩位助教一位是黃登山先生一位是張曉風女士。看東吳那時候的狀況，真可謂是創古今之奇，令人無法置信了。

我在《記憶之塔》那本書裡已介紹過華仲麐老師了，為什麼現在又立一章來專門談他呢？是這樣的，華老師不只是我大學的老師，他後來一直與我有相當奇特的密切關聯，在我人生一些榮辱得失的際遇之中，他曾有意或無意的參與其間，對我而言十分重要。

他是一個自信又有豪氣的人，至少從外表看如此，有一次他說他的豪氣來自於他富裕的家庭。中國這百年來在內憂外患中度過，但他家除外，他在家一直維持錦衣玉食的生活。他是貴州人，有一次我聽谷正綱先生說，你們華老師一家是「我們」貴州的首富，因為谷正綱也是貴州人。有人說貴州是中國最窮的省份，貴州的首富算什麼？這是不懂中國、不懂世界的人所說的傻話，一個刻薄的人告訴我說，越窮的地方，那裡的有錢人才有錢得驚人，地方窮是因為全被他們搜括乾淨了，這話很惡毒，不能當真，但其中也不是全沒道理，貧富本來是比較出來的，大陸不是有句話說嗎？「到了北京，不要跟人比官大；到了上海，不要跟人家比錢多。」窮地方的富人比富地方的富人更要神氣許多，這倒是真的。不過華老師家的富，不是搜括得來，而是他們家歷代經營得法而形成的，他們家做的茅台酒叫做「華茅」，據說是茅台中的極品，為他們家帶來滾滾不絕的財富，這也是我當年聽谷先生說的。

我遇見谷正綱先生也是趣事一樁。一年過年，華老師打電話給我，說很久不見我了，要我得閒也要來老師家「走動走動」，我當天就乘公車趕到他新店十二張的住家（新店十二張有很多高官與中央民代的「官舍」，華老師住的是不是官舍，我不知道）。當時華老師已不在東吳大學專任，而是考試院的考試委員了。考試委員位高財多，拿的是部長的錢，但清閒得很，這是我從華老師那裡得到的印象。我趕到老師家的時候，看見巷口停著一輛極大的黑色凱迪拉克，幾乎把整個巷子都填滿了，一進門才發現谷老先生在座。我見過谷老先生一次，是在我當完兵不久參加「點閱召集」的時候，當年世界人民反共聯盟在台北開大會，來了許多各國的國會議員，大會安排他們演說，但找不到人聽，就利用國防部的後備軍人點閱召集的機會來糾合聽眾，我就是被召集到中山堂樓下打瞌睡的兩千名聽眾之一。

谷正綱一下「主席」一下「理事長」的在前面忙上忙下（谷先生當時任世界人民反共聯盟主席），每個議員上台他都要介紹，不過他不說介紹而說「紹介」，而且把後面的「介」字用他們的方言唸成馬桶蓋的「蓋」，總引起一陣哄笑。在介紹阿根廷的議員時，又把人家國名叫成「阿廷根」，也許從小就弄錯了吧，錯得有點離譜，然而無傷，反正那位阿根廷的貴賓也聽不懂，而讓大家聽來樂一樂也好。我對谷先生的印象僅止於此，他站在舞台上，光線下的臉顯得很大，他說話喜歡用手勢，總是兩個字三個字一頓，聲如洪鐘又鏗然有力，以致我以為他是個個子老高的大漢型人物。想不到我在華老師的客廳所見，卻是一位極矮又很瘦小的老者，他坐在沙發上沒把沙發坐滿，並不是像李登輝見蔣經國的時候表示謙卑，而是他個子小根本坐不滿，他客氣的站起來跟我握手，手像小女孩的手一樣柔軟。

老師在接一個電話，電話也許很重要，在那兒說個不停，谷老先生就有機會與我說話。他說華老師在貴州的時候，對他們谷家的兄弟都十分支持，當時他的哥哥谷正倫做貴州省主席，他說：「就是請你們華老師當省政府祕書長的。為什麼要請他當咧？那是他們華家有錢嘛，省政府湊不出的錢都是從他們家出。」這些話我無法判斷，只有在下面點頭稱是。華老師接完電話，也來說話，說起後來谷老先生當年負責「災胞救濟總會」的任務，沒錢時也是要向華家調頭寸的，我不知道政府調華家的頭寸是「有償」或「無償」，但華老師家在貴州的時候富甲一方則是無須懷疑。

後來又有一次，我看到華老師的履歷上有中央大學畢業、倫敦大學研究的字樣，我就問他什麼時候到英國的，又在倫敦大學研究什麼。他大笑說：「你問我研究什麼？這話你去問程石泉就知道了，當年中央（大學）就我們兩個到英國。不過我想你也不認得程石泉，那我就告訴你吧，當年我到倫敦，是帶著一個廚子、一個司機去的，我研究什麼？你想想嘛！」言下之意是就是在倫敦也是公子哥兒一個，毫不忌諱自己的荒唐，一切都不在乎，這是富家子才有的氣度。他可能因「家傳」的關係，特別會喝酒，有一次在他家午餐時間到了，他邀我跟他一起「便飯」，只我們兩人吃飯，他卻自己一人乾了一整瓶Hennessey的XO，那種白蘭地太強了，我喝了一小口就覺得頭暈。

他特別喜歡駢文，他覺得駢文有一種特殊的四平八穩氣勢，是這種氣勢把中國文學的美撐持起來的。他說好的散文裡面必有上口的駢句，他舉范文正公的〈岳陽樓記〉為例，說文章裡的「至若春和景明，波瀾不驚，上下天光，一碧萬頃」是駢句化的散句，但如「沙鷗翔集，錦鱗游泳」，「長煙一空，皓月千里」，甚至「先天下之憂而憂，後天下之樂而樂」，就都是最典型的駢句了，他說沒有這些駢句，就根本不算好文章，文章更不可能流傳。又如蘇東坡的〈赤壁賦〉，「頌明月之詩，歌窈窕之章」，「縱一葦之所如，凌萬頃之茫然」，沒有這些句子，能夠傳頌千古嗎？他在我們大一國文課上教的《陸宣公奏議》，反覆強調的是其中的氣勢，他認為所有的氣勢都是其中的駢句造成的，他後來在大四又開《文心雕龍》課，他對書中細密又有邏輯的文學理論其實興趣不高，對劉彥和這「和尚」竟能寫這麼好的駢文，就讚美又傾服得五體投地了，只要有朗讀的機會，就讀了一遍又一遍，口中讚頌不已。

他說的並非全沒道理，但駢散不是文學裡面的癥結之所在，更不是唯一的問題，把小問題當大問題來做，會扭曲了真實，而把其中之一的事件當成唯一的事件來處理，更會把整個事件弄砸。華老師對《文心雕龍》涉及現代美學與詮釋學上的問題不太知情，朱光潛在他的《文藝心理學》中就嘗試把克羅齊的美學理論來與《文心雕龍》相比較了，他好像也不很清楚。他也許太忙了，也許太以自我為主，不太關心客觀的學術知識，當時的老師與學生也因循苟且，這使得我們東吳學生到了大四還跟大一一樣的懵懵懂懂。

我有低我一班的「學弟」叫陳松雄，曾受老師感化，把畢生精力投擲在駢文之中，他後來在文化大學的博士論文也是用駢文寫的，當然贏得華老師的高度讚許。但我老覺得駢文太不直接，寫起來太費力了，勉力於其上，會妨礙到思想與義理的傳達，便是古人說的「以文害義」了，何況駢文現在也沒有任何閱讀「市場」，我曾勸過陳松雄，還是寫一般的文章就好，否則論述不能展開，空有這種行文技巧，有什麼意義呢？他那時在警察大學任教，學校沒有專業的課可上，待久了會把學問荒廢了，我當時在淡江大學教書，便推薦他到淡江中文系幫忙開大二文選習作的課程，因為那段課程教的是魏晉時代的駢文，對他而言，可以施展長才，他很高興，但我對他研究上的建議，我看他不見得聽進去。

華老師似乎對我有一點欣賞，他的胸襟氣度也比別人來得大，他雖標榜駢文，然而對白話也能接受，有一次跟我說，要把文章寫得跟胡適一樣的淺白流暢的，也是難事一樁啊。

我在東吳則與所有人都維持一段距離，這習慣在華老師身上也一樣，我從未跟他親密過。我東吳畢業後服了一年兵役，就到桃園的一家私立中學教書，畢業前後有人叫我學其他人一樣，考一考研究所以求深造，我也曾想過。當時東吳的畢業生優秀的都升學師大，因為研究所入學必考的文字學、聲韻學及文學史，東吳與師大同一「系統」的，考師大比較占便宜。但我在東吳自以為看盡了師大國文所的一切，對升學這事心灰意冷得厲害，何況我教了一年書之後，就與我的女友結婚了，幾年內兩個孩子接踵報到，生活自有忙碌重心，對進修的事比較看淡了。

有一年我回羅東省親，順便去拜訪高中的老師禚夢庵（恩昶）先生，在他那兒借了一本藝文印書館出版的《甲骨學六十年》，是董作賓先生寫的。我讀了一陣，突然對中國早期的文字與文化產生了興趣。我們在東吳的時候，上過賴炎元先生的「中國文字學」的課，賴先生是師大博士（上我們課時剛得學位），他個人是個謙謙君子，言行雖有些拘謹，但他教書是認真的，然而他師大的背景使得我對他有些距離。師大學術的主流是標榜「小學」，舉例而言，所長林尹，就是文字聲韻學專家，他們自稱是章、黃的嫡系傳人，而章太炎是寧信《說文》不信甲骨的，因此師大這一系統的文字學，一切理論都得建立在《說文》上面，與《說文》相異的說法，都被視為野狐外道了。其實章、黃的學術視野也不算小，尤其是章太炎，「小學」只是其中的一小部分，文字學上的偏見無損於他們在其他方面的貢獻，但師大視「小學」為學問的核心，又緊抱章黃的偏見為意見，則無法避免有抱殘守缺之譏了。

我後來決定去考台大試試，因為台大文字學比師大這一派要開明些，他們是「承認」金文與甲骨的，而且認為它們重要，台大的聲韻學也不走《廣韻》這條老路，比較接近西方的語言學，而當時歐洲盛極一時的詮釋學，有一部分是源基於語言學的，那些知識我原有些體認，便趁機找些更新的材料來讀了。我讀了許多以前沒讀的東西，而且沒人指導，卻自以為有所得，我喜歡不斷有新知「湧」入我腦海的經驗。想不到我運氣好，台大竟然給我考上了，我服了一年兵役，又教了八年中學，在一九七四年夏天，我成為有史以來第一個東吳上台大中文研究所的人，這是我後來才知道的事。

我在準備考台大的時候，有一天從植物園走出，莫名其妙的走到台北的重慶南路二段一棟名叫「中華文化復興大樓」的樓下，遇見了久不見的華仲麐老師。華老師看到我，分外高興，問我狀況，我答以在中學教書，他大嘆一聲說：「搞什麼嘛，你們同學都在大學做教授了，你還在中學教書，真沒出息！」他說他正兼任中華文化復興委員會的祕書長或副祕書長一職（我已記不清了，但這個委員會在「地位」上言是極重要的，委員會的主席就是蔣介石總統），大樓裡面有他辦公室，要我進去坐一坐。

他的話是命令的語氣，不容我游移，更不容我拒絕。進去之後他告訴我東吳也就是我的母校今年要成立中文研究所，建議我不妨去考考看。我聽老師這麼說，便不好意思瞞他，說已決定考台大的研究所了。老師哈哈一笑說：「中文研究所，門戶之見是很深的，你不是那裡畢業，就算你程度很好，也不一定考得進去，考東吳畢竟方便些。」我說我在東吳沒混好，對那兒也很失望，他問師大呢？我說一定考不上，我也沒興趣。這時老師正色說，他目前雖然是考試院的考試委員，但東吳還給他聘書，這次研究所招生，也要他命專書的題目，他建議我選考他出題的《文心雕龍》，「你就來考吧，考上了，我也有個好學生教教。」這話好像也沒商量餘地。

我只得在報考台大之後，又「銜命」去報考東吳。好在對我而言不算太麻煩，我既準備了台大，也不差多考一個學校。台大先考，我考得很不如意，在心灰意冷的情況下又去考東吳。東吳的題目比較簡單，我算考得不錯，《文心雕龍》我準備得遲，但我知道華老師算是黃季剛（侃）先生的弟子，特別找出黃著的《文心雕龍札記》來讀，果然題目大多出在書上，我便回答得很從容，在意思上看，都算對了，但華老師是駢文專家，我答題一定不合他的路數，因為我不會寫駢文。

大約過了半個月，我到桃園夜校上課，突然收到東吳大學的來信（我與內人在家時間不多，總把通信地址寫成學校），拆開一看原來是張通知，內容是：「台端參加本校中文研究所入學考試，查成績未合標準，不予錄取」等字樣。我覺得奇怪極了，沒有學校是這樣通知考生的，一般考試，一定會附上成績單，他們沒有，只告訴你沒有錄取。考東吳不是我的意思，是承師命而為之，卻想不到有此遭遇，不甘心之外還有被耍了一趟的感覺。我已忘了我如何在心神不寧之下上完了學校的課，我一定苦著臉回台北的家。內人沒睡還在等我，看我一副苦瓜臉問怎麼了，我把東吳的信給她看，想不到她看了陣卻笑了起來，等了一會兒終於說，我本想明天早上讓田田（我小女兒的小名）告訴你的，但現在不得不說了。她說她不知道哪兒來的「靈感」，要在今天晚上，帶兩個女兒到台大去逛逛。當時我們住在重慶北路三段，算是在台北的北邊，而台大在城南，須轉幾趟車才能到的，她們到了台大，在學校門口看到剛公布的台大榜示，上面有我的名字，原來我考上台大研究所了。我當時有些昏眩，我的感覺很怪，袁中郎說：「一日之間，乍暖還涼」，便是那時的心情。

我第二天把消息告訴了華老師，說無緣進東吳了。他在電話那頭十分氣憤的說，他說他知道是誰在搞鬼，又安慰我說假如兩個學校都考上，他也會鼓勵我上台大的，又說想不到有人搞鬼，反而把我搞上台大了。這話有一點含意是上天看我在東吳遭殃，以台大給我好報，好像並不是在稱讚我。但他說的也許沒錯，因為我這次台大考得並不好，考完還氣餒了一陣，唉，有關命運的事，任誰也說不清的，就別說了，不過聽老師的語氣，一半興奮，一半欷歔，他關心我是事實，在這一點上，我不得不感念於心的。最後我得到的消息是，華老師跟「他們」大吵一頓後，連東吳的兼職也退掉了。

後面當然還陸續發生了些事，都不是我管得著的了，自然無需管他，我便在台大優游度日，不作他想。我跟華老師的聯絡也越來越少，而他與台大也一無關聯。在華老師眼裡，我也許略有些「才氣」，但也知道我這人，跟大家都合不上來，他預料我不可能擔當什麼大任的。我博士學位拿到後，那時章孝慈剛回國就受東吳重用，華老師當然嗅得出其中的消息，他曾透過章孝慈希望我回東吳，其中一個想法，是要我在那兒做一番事業來讓人刮目相看，好讓他與我都透口氣似的。可是最後沒成功，有一原因是我希望它不成。但我又為何答應華老師到東吳與章孝慈見面的呢？我發現自己人格的缺陷，我總是「局」不過人家的期望，做了些自己不想做的事，從這一點看，我確實是軟弱的。幸好東吳的事一樣被人阻擋，最後沒有成功，事後我常想萬一成了，落入那個是非場，不成了自己一生最大的缺憾了嗎？

約莫又過了一年，國家開放一種「甲種特考」，是讓有博士學位的人去參加的考試，通過了可以擔任某一職等以上的高官。這次華老師主動聯絡我希望我去報名，我說我是文學博士，好像不合適去考任官的考試，他說也沒規定你不能考呀，但我天性退縮，結果還是沒去考。後來我才知道這考試其實是為已在政府供職的一些權貴做的「黑官漂白」工作，經過這次考試，就取得了正式任官的資格，而且好像只辦了一兩次，等一批想被漂白的人被漂白了之後就不辦了。當然也有不是「黑官」，也趁這次機會而取得任官的資格，我所知道的馬英九與龔鵬程，都是通過了這層考試。隔了幾年有一次遇見華老師，他酒後半護我半罵我是扶不起的阿斗，他說當時要我報名，是十拿九穩可以讓我考上的，因為主持考試的便是他呀。

這麼說來，蹉跎害了我的一生。我倒不覺得有什麼遺憾，因為那些東西不是我要追求的，只是老覺得對不起老師，每次相見，對他總有點抱歉，老師對我期盼甚殷，但我卻從來沒有達成老師的願望。

我覺得老師與我還維持著一份感情，就是因為我不很貼近他，假如真靠近了，我的毛病會彰顯得更厲害，譬如我性格孤傲，不善合群，有時還自以為是，他知道了必定會討厭我的，這時候我們師生之情是否還存在，就難說了。

華老師飲酒又抽菸，旁若無人的大聲談話，處處顯示無畏的氣息，都是我欽羡而不能的。有一次陪他吃飯，一位朋友不善飲，跟他乾杯時露出難以下嚥的樣子，他馬上不悅的說，喂，要搞清楚喲，喝酒是賞心樂事，怎麼你苦著臉露出這一份「賤相」！弄得一場尷尬，我便警告自己，酒再難喝，在老師面前，也得面帶笑容的把它吞下了。老師大約在六十歲的時候突然因中風而變得有點殘疾，行動不很便利，右手萎縮不能寫字，但他意志堅強，訓練自己用左手來寫，後來越寫越好，骨肉亭勻之外還頗見波磔，比以前右手寫的更好了，由此可見其生命力，到老不衰。

老師更老了之後，不知是何理由，突然移居美國。師母已先逝，而他的公子與女兒好像都在台灣，一個風燭殘年又行動不便的老人，到了異地一定更不方便了，這是我的想法。幾次回台，有時陪他飲宴，覺得老人家酒量食量都不復當年，談興雖在，卻往往記不太清以前的事了，心中不禁一陣憮然，卻無處可說。不久從陳松雄那兒聽說他在美國病逝的消息，這次我這做學生的，連匍匐奔喪的機會都沒有了，心裡失落了好一陣子。

華老師當年禿頭，乾脆把頭髮剃了，成了一副光顱高額，氣派堂堂的景象，他說話的聲音洪亮，謦欬之間，毫不含糊，在相書中，享高官得厚祿的都是這一派長相。他一生也真的豪華過，總覺得他的故事不該這麼結束的，卻不巧在這個時刻真的結束了，如此潦草，看了還真有些不甘心呢。

那麼磅礴的寧靜

張以仁先生與夫人周富美先生都是台大中文系教授，張先生專研《左傳》，而周先生專長是《墨子》，在隋、唐之際的「九經」時代，《左傳》就列入經學了，所以張先生算是一位經學家，而《墨子》是子學，在中國，「經」、「子」都是重要學問，不可輕忽的。

我沒上過兩先生的課，但只要是台大中文系的成員，對兩位莫不熟悉的。我初進台大專任的時候，當時中文系空間還很蹇迫，曾一度安排與其他幾位資深老師共用研究室。我被分配到的是第八研究室，就在文學院舊大樓靠西一側二樓樓梯轉角的那一間，原來在裡面的有彭毅先生、周富美先生、金嘉錫先生與宋淑萍先生，除了金先生之外都是女的，我加入之後稍稍提振了下本室的陽剛之氣，這是金先生開玩笑的話。

我在第八研究室虛待了不到兩年，後來系裡得到一些空間，就搬出去了。我跟周先生有過短時間的相處，知道她是位性格很溫和的女士，她面孔白皙，身材微胖，說話輕聲細語，完全沒有墨子尚黑又摩頂放踵的樣子，也沒有《墨子》書中談起「非樂」、「非攻」理論時聲色俱厲的形象。

至於說起張先生，我很早就聽說他的「威名」了。我在讀碩士班的時候，指導教授是張清徽（敬）先生，我因讀書時年紀較大，再加上生活所迫必須兼職，所以平日隨侍在側的機會不多，偶爾聽老師談起某人親和、某人「惹不起」等事，張以仁先生好像在清徽先生言中屬「惹不起」之列。老師之間也許有過言語上的衝突或過節，我們做學生的也不好細問，聽了就擺在那兒，不去管它。想不到有些事是想要避也避不了的。

我碩士班畢業時，清徽師問我有沒有繼續進修的打算，我想是因為我論文口試表現不惡，拿了個高分，我考慮了一會兒後便決定一試。當時要考博士班得請兩位教授寫推薦信，清徽師說她會幫我寫一封，另一位要自己去找。正好期末導師請吃飯（台大一直維持著導師制度），我從碩二起被安排在裴普賢老師名下，算是她的「導生」，裴老師專長在《詩經》，也長於詩體研究，是位健康又爽朗的學者，聲音很大，往往還沒見到她，就聽她朗朗的笑聲排闥而來。她一見我便說，聽「你」張老師說要考博士班，是不是要寫推薦信？我點頭，她問準備好了嗎？我說還欠一封，她說要請誰寫？我猶疑了一下說，是不是能請老師「玉成」？她哈哈一笑說，本該如此嘛，我是你導師呀，你不請我寫倒要請誰寫？說著從皮包拿出早已寫就還蓋著私章的推薦書給我，我一看有點嚇著了，我起初並沒有想到可以請她寫的，萬一我找了別人，這下子豈不壞事了嗎？幸好我糊塗，一向不積極，反而「幫」了我。

我就在兩位女教授的推薦下報名了博士班考試。口試前（當時我們博士班入學只審查論文與口試，沒有筆試），清徽師告訴我不妙，這次口試是「他們」中研院的天下，口試委員五人中有三位是中研院史語所的，另外兩人一人是清徽師，一位是何佑森老師，我問其餘三人是誰，她嫌我反應遲鈍，說還有誰呢？便是屈萬里、張以仁與龍宇純三人了。她與他們是同事，在後面不見得每次呼名時都帶先生的。當時屈先生是中研院院士，又兼史語所所長，張先生與龍先生則是台大中文系與史語所「合聘」的先生，都有兩層身分，「你看五個人三個是搞經學的，對你要做文學的公平嗎？」清徽師的話有點情緒，但不見得沒有道理，屈先生與張以仁先生是經學家沒問題，而龍先生是治文字學的，怎麼算經學家呢？其實從「四庫」學的標準看是成立的，因為像《說文》那類的字書，在「四庫」裡面是放在經部的，所以傳統便把文字學家也視為經學家了。但就算經學家又怎麼樣？世間不平事，好像都不是經學家幹的呀，這是我當時的想法。

後來我知道系上氣氛看起來平和溫馨，底下也有一些波瀾，不盡平靜，其實任何地方都一樣，要去「管」它的話，永遠有管不完的事。我沒去管，也順利考上博士班，而且成績與名次都很好看，可見清徽師對經學家的公正是過慮了。我後來在系上偶參與活動，知道張以仁先生是個很有正義感又有「意氣」的人，開會如有他看不慣的地方，對同輩與晚輩，都會直指其非，聲色俱厲，毫不假借，我想清徽師說的「惹不起」或在此。但他一發現自己有誤，便也馬上更正認錯，向對方抱歉，這時神態語氣都變得緩和可親起來，他不屈服於勢力，也不欺負「弱小」，真性情直接顯露，這些都不是裝出來的。

我在淡江大學教了十年書，後來有機會回到母校台大任教，進台大幾年之後，張先生就屆齡退休了。我與他專研不同，身分上又有師生之別，在學校相處並不密切。但知道他退休後，不再在經學領域「活動」了，他對傳統的詩詞展現了無比的興趣，而且抱著老一輩「皓首窮經」的態度來治詩詞，發表了不少研究《花間集》的論文，而且自己開始寫詩填詞，當然寫的都是古典的，這種轉變令人不得不刮目相看。

隔了許多年的某一天早上，我突然接到一通來自張先生的電話，語氣冷冷的，說早上在報上看了篇談杜詩的文章，問我知道是什麼嗎？語氣聽起來有點質問我的樣子。我答以沒看報，所以不知老師所指，事實是我久不訂報，平常看報很「隨興」，多是想看便買。老師後來說看到今天中時「人間副刊」上有篇〈廢車與病馬〉的文章，很想跟我談談。我一時摸不著頭腦，一聽題目，連說不是我寫的，他有點生氣的說明明上面有你名字，怎麼說不是你寫的呢？他接著念了文章起頭兩句，我才知道確是我寫的，但我一個月前給「人間」時訂的題目是〈感動一沉吟〉，是談杜甫〈病馬〉詩的，「感動一沉吟」便是那首詩最後一句。這事過了後我曾打電話去問主編楊澤，楊澤說我的題目不夠「醒目」，因文中由病馬談到一輛要報廢的車子，就把題目擅改成〈廢車與病馬〉了，想到我們是老友，便也沒再打招呼，也沒告訴我文章何時刊出，這才使得我在張老師訊問之下洋相百出了。

張老師在電話那頭聽我支吾，便說看你有點緊張，其實要告訴你的是，這篇文章寫得很好，你把老杜的真精神寫出來了，後面引用仇兆鰲《杜詩詳注》的那段話很正確，這首詩也許可以解說是老杜的借病馬而自況，但如果只是自況，恐怕把老杜看低了，正確的正如你所說，這首詩不經意流出的是中國傳統仁者的胸襟與修養。說到這兒他把話題一轉，問我在系上開了跟詩有關的課嗎？我恭謹回答說沒有，只聽那邊一聲嘆息，說可惜了，便掛斷了。

張先生來電的事，給我很大的衝擊。我以前常給副刊寫文章，但後來總覺得沒人看，便懈怠下來了，有時主編來邀稿，也會寄一篇去，不過不很積極，久了對寫作的事也看淡了。我寫稿，往往是應付人情，並不在乎發表的地方要多「重要」，譬如我寫〈感動一沉吟〉那篇，原本是當時為高雄的《台灣時報》副刊寫稿，寫多了才給「人間」的。當時的「台時副刊」正好由我以前的學生黃耀寬主編，缺稿又缺錢，副刊後面的整頁是告訴人家簽賭的「明牌」，可見此報的「報格」如何了，我答應幫他寫《林間集》的專欄，不要說沒人看，連我自己也看不到（因為該報台北是買不到的），但學生說了他們的苦處，也不得不支持他。我幫黃耀寬寫《林間集》的時候，楊澤曾來電約請我為「人間」寫《三少四壯集》的專欄，但我因擔心分不過身而婉拒了他，他一定認為我不識好歹，因為「中時」與「台時」在一般人的心目中言，相差何止百千里呢。

說起台時副刊也不少笑話。有段時候看高雄寄來的剪報，我的《林間集》下面總有篇自稱「活佛」的大作，裡面自吹自擂的敘述自己上天堂下地獄等等不凡的經驗，其中還包括與西天諸佛諸菩薩往來酬酢的故事，看起來跟我們齷齪的政壇與商場沒什麼兩樣。這位活佛俗姓盧，據說中南部有不少信眾，但文章低俗又無聊，我去信告訴黃耀寬，說你們再登這類文章，我就不寫了。黃耀寬隨即打電話來，囁囁嚅嚅的說他們的困難，因為他們報紙早決定把副刊停了，後來多方爭取，就決定把副刊版面維持，但不給經費。黃耀寬說，刊登一篇活佛的文章要給五千塊，我說比給我的稿費多多了呀，他說老師，您的薄酬是我們給的，而他的五千塊是他自己要出的。我聽了半天才知道，五千元不是報社給活佛，而是活佛給報社，算是廣告，而這份廣告費，報社答應給副刊使用，也就是副刊之能存在，是靠刊登這類文章來「募款」，我的稿費也來自此，說起來，我在台時寫了兩年稿，供養我的不是報社，而是活佛，我對「祂」真該頂禮膜拜才是。

時間不知不覺的過去，我後來把《林間集》稍為調整了次第，讓印刻幫我出了本書，書名是《時光倒影》。書出版的春夏之交，正好是我準備退休的那年，我想到其中有幾篇談杜詩的文章，當然也包括了〈感動一沉吟〉那篇，想要面呈張先生求教，但苦無機會。到我退休生效之後的第一次教師節，文學院在文學院的一樓門廳「辦桌」請多年以來退休的教師，在退休人員中我最資淺，原不想參與，但院長葉國良兄力邀，不好意思不去。

到了辦桌「現場」，好不熱鬧，張先生與夫人周先生都到了，我聽說張先生因肝癌正在化療，一直怕驚動他，但那天看起來他氣色很好，舉止靈便，一點也看不出病容。他看到我，十分驚訝的問我怎麼也來呢，我說老師我也退休了呀，他說真的嗎？那真是歲月不饒人了呢。那時還沒開席，周圍亂糟糟的，他拉我到樓梯轉角通往文學院後棟的走廊上，急急的說，你文章寫得好，有沒繼續寫？我還沒來得及回答，他又說聽說你也是湖南人，原來我們原是同鄉呢（張先生籍貫湖南醴陵）。我說老師，我出生在湖南辰溪，但籍貫是浙江，我內人是湖南人，我也把自己當成湖南人的，他笑著說，是湖南人的女婿呀，那就更親了！

他繼續問我在台大開過哪些課，是不是跟詩或文學有關？我想了一想，我從在淡江起到台大為止，除了大一國文之外，真好像從沒開過什麼文學的課呢，這不表示我不愛文學，而是因為太愛了，我不想依靠它來吃飯，所以我從未爭取開什麼課，我上的課，大多是由系安排的。當然這是有「武裝」成分的說法，真正的理由是從沒人問過我要開哪些課，但我沒有對張老師說出來。我在排課上面也總是不主動，起初是我沒資格討價還價，別人排什麼教什麼，後來我有資格了，卻又因循不屑去討價還價，對老師我只約略的說了一點實情，他又感嘆一聲說，那是我們台大可惜了，我看他的眼光，不像是客套話。我們又聊了陣，那邊要開席了，我趁空到我研究室拿了本《時光倒影》敬呈給他。

約莫過了一個多月，一早又接到張先生的電話，說我送的書他看完了，覺得裡面智性與感性兼具，都是像精金美玉一般的好文章，很多地方都可以說是發前人之未發，我連說不敢。他又說他看我書的時候，同時問過好幾位在台大服務的朋友，都不知道有這一本書，也無人知道我有寫作的事，這是怎麼回事？我當時無法把這個問題答全，只能說我自己認為自己的東西不好，從不敢獻醜，想不到他又在那邊感嘆一聲說：「唉，對台大跟你來說，都可惜了！」

後來老師的肝病復發，當我出《同學少年》一書的時候，也寄了本給老師，老師只回贈一小本自己影印的詩稿給我，上附小紙條寫著待身體稍恢復再細談吧。想不到再沒「細談」的機會，隔幾個月之後，張先生便過世了。

我與他的關係不算深，平生也僅接觸過幾次而已，他給我最大的撼動，在他對我說過三次「可惜」，老實說，這兩字有點觸動我神經的要害。

我在很早的時候，就思索過命運這件事，因為最早讓我著迷的一串聲音是三長一短，三長一短，簡單的樂音中有定音鼓輕敲，那就是出自貝多芬的交響曲《命運》，然而到了我老了，那裡面的事，我還是有一很大的部分思考不透。有的時候，我覺得自己生錯了時代，也生錯了地點，假如出生在另個時代、另個地方也許會好點，但到底是那個時代地點比較適合我，我也說不上來，反正我與我所處的世界，存有一種格格不入的關係。

我曾想過，生命歷程曾給過自己一些所得一些收穫，但那些所得與收穫好像與我實際人生並沒發生過什麼關係，算不算是「可惜」，我其實也說不上來。我曾因生命的困頓而讀過一些別人很少去讀的書，我曾在某些莫名其妙的知識上花費過也許不該花的力氣，譬如我在青壯年之交，曾在西方藝術史上，尤其對印象派前後的藝術上廢寢忘食過，除了在一個小報寫過一陣藝術評介之外，從來沒有「使用」的機會。同樣的，我對西方的古典音樂也用過心，我又曾醉心於古代社會史，想另闢蹊徑從文字符號入手來研究中國的古代社會的價值取向，我一度在社會學與人類學上廣泛閱讀過，跟藝術一樣，但我後來在大學教書，不僅從來沒開過有關藝術的課程，有關文字上面的課，也從未開過。對文字學、人類學界而言，我雖浸潤頗深，但確是個地地道道的「外行人」，然而我一點都不在意，我知道所有學問的壁壘與溝塹是既高且深的，我無意突破那些溝塹，在他們面前宣稱是內行。閱讀與思考，是我興趣所至，與我實際生活一無關聯，就因為不實際，所以我才可以了無掛礙，出入自由。讀了那些無以利我的書，或做了那些無以利我的思考是不是「可惜」呢，我從來沒有想過。

我的有關美學的歷程，有關其他智性知識的歷程，都是從辛苦中得來，如果可以拿出來與好朋友相互印證砥礪，當然是更好的事，可惜我沒有太多的機會。在文學創作上，雖然我還算努力，也出過幾本小書，但周圍的人，包括我的同事、我的學生很少人注意到我，這緣於我在他們面前從不提起。偶爾回應我的，往往是遙遠而從不認識的人。當然我知道，選擇走這一條路，就要甘心孤獨，我曾在一篇文章上寫過：「孤獨是自由的唯一條件，寂寞是自由的附贈品」，到現在我還是這麼想的。

我想到有一年夏天，我與朋友在內蒙古的草原旅行，招待我們的游牧家庭為我們烹煮了全羊，蒙古包裡的飲宴在轟然的進行，雜著斷斷續續的馬頭琴琴聲。我趁小解出外透透氣，外面冰冷的空氣讓我頓時清醒。我停下來，體會到此生從沒體會過的那麼磅礴的寧靜，還看到此生從未看過的崢嶸的天幕，上面有幾百萬顆星星在閃爍，每顆星星的亮度都超過台北看到的十倍以上。

蒙古的夜晚不是夜晚，星星比城裡的霓虹燈還亮，你可輕易的在那充沛的光源下讀書。我之前曾讀過不少有關天文的書，知道我頭上的每顆星星，都比我們地球大多了，有的比我們太陽還大，只有恆星才有能力發光，所以我所看到的都是在燃燒的恆星，如果在它們的位置看，是看不到我們地球的，因為地球不會發光。而且在遙遠的夜空，這些恆星已兀自燃燒閃耀了幾十億年或上百億年了，而這場燃燒與閃耀的目的是什麼？我們被悶在鼓裡，一點都猜不透。看著那片天幕，才知道什麼叫做揮霍，什麼叫做可惜。我有一點想把這個消息告訴張以仁先生，因為他鼓勵過我，也為我感到過不平，但當時沒想到，而現在更沒有講的機會了。

土饅頭

夜深整體書稿，突然從資料夾中落出一方剪報。當時剪下來沒留報名，現在已不知登在何處，但可確定是登在報紙某版的右上角，因為印有「中華民國六十八年二月二十八日」的字樣，一般報都把日期印在那裡的。標題是〈病中雜咏〉，標題後面有較小的「屈萬里最後遺稿」七字，顯然是編者附記。標題與附記的字都是從右到左黑底反白橫式印刷，內文則是一般的直排。

有五首七絕，前有序，全文是：

余患肺癌，住入醫院，忽忽已匝月矣。家人戚友，憂心如焚。余自念七十之年，死不為夭；且自信能與惡疾抗。以是胸懷坦蕩，若無病然。入夜客散，斗室靜處，無所用心。爰成俚句數首，聊以遣悶。其平仄失調者，則約從俗讀；用韻不協者，則曰用中華新韻。以此解嘲，誰曰不宜！民國六十七年五月書傭附記。

戚朋聞訊暗心憂　惡疾難醫歎毒瘤
我自無憂亦不懼　後園花好且遨遊

•

溫語如春感友生　更從患難見真情
操觚欲達銜環意　難寫衷懷字字明

•

病中歲月亦悠閒　照罷毒鈷且小眠
夜靜遙聞泣聲厲　有人又進太平間

•

彭殤一例等蜉蝣　夭壽何須繫喜憂

漢武秦皇求藥遍　依然一個土饅頭

碌碌人間寄此生　此生無好亦無能

不如乘化聊歸去　何必區區羨老彭

據說這是屈萬里先生的最後遺作。我讀博士班的時候，上過屈老師「文史資料討論」，是必修，這課因為開在博士班，為湊人數（博士班學生少，我那一屆僅取了三名，下一屆更少只取兩名）兩年才開一次，是一學年的課，但屈先生只上一學期，講的是先秦的部分，兩漢之後的排在下學期，由何佑森先生上。

屈老師的學問是硬碰硬的清儒考據學，事事考鏡源流、講求證據，他又多了一項本事，他諳熟民國之後才大量出土的甲骨文，著有《殷虛文字甲編考釋》等的專著，比起清儒來，研究上古史的材料又豐富了許多。他上課的內容其實是大學部的「古籍導讀」的延續，大學部「古籍導讀」是一學年的課，講的範圍廣些，博士班的課只「舉例」式的談幾本書，不過比較細，比較深入，從源流版本辨偽等問題切入。屈老師嚴於律己，對學生要求也很嚴，上課不時抽學生來問，稍一簡慢含糊，便嚴詞相責，不講情面，毫不寬貸。他當時剛擺脫中央圖書館的職務，但還兼中研院史語所所長職，其實很忙，往往會誤到上課，但屈老師雖因公缺課，事後卻一定要求補上，有時學校因颱風放假，他也不放過我們，風過了必定要求我們「災後重建」，不得偷懶。他望之儼然又不知變通，學生感佩之餘，對他還有一點點頭痛。

下個學期他不上「文史資料討論」的課後，在我們研究所開了門一學期的選修課，題目是「周易研究」。這門課很轟動，學校幾位老師加上一些社會賢達都來旁聽（連我指導教授張清徽先生也來聽課），我記得一位有「山人」稱號的命相師也來聽講，那位山人有瞶疾，再熱的天也穿著長袍，他支著拐杖戴著墨鏡一聲不響的端坐一旁，把課室弄得神祕兮兮，但屈老師不講周易有關命理的那部分，他用的是朱子的《周易本義》，完全從傳統經學的角度來講，絕不穿鑿、更不附會。這課進行了三個星期，到學校規定加退選最後的期限，屈老師突召見我，問我想不想修，才知道課堂滿滿都是來揩油旁聽的，沒人敢選。我原本沒選，是因為有其他事忙，但這門課，我就是不選，也會一堂不剩的把它上完的，這是我當時的心願，老師既找上我，我便沒有理由不選了，就答應去辦加選手續，屈老師聽了很高興的說，這博士班的課一人選就開成了。屈老師的眉毛很濃，臉上的線條縱的比橫的多，他很少有輕鬆的表情，更少看他的笑容，那一次他展顏而笑，令我印象深刻。

我去加選的時候，才知道所長龍宇純先生得知此課可能開不成，也勸說兩位同學去選了。但這課終於還是沒上成，原因是不久老師發現得了肺癌，而且是末期了，病況十分嚴重，只好停止授課住院治療，課由老師的學生也是我們的學長黃沛榮先生續上。上面所引屈老師的〈病中雜咏〉，序上所記「民國六十七年五月書傭附記」，便作於老師正式請病假一月之後。屈老師字翼鵬，「書傭」是他的號，他的著作中有部《書傭論學集》。

提起老師的尊號，我想起另一位名號中有「傭」字的，便是號「蔣山傭」的清初大學問家顧亭林（炎武）了。蔣山是南京紫金山的別稱，明代開國之君洪武帝之陵墓在此，號明孝陵，明亡後顧亭林四出張羅興復不成，曾五謁孝陵，有詩詳記，自號「蔣山傭」，可見亭林之民族氣節。屈老師自號書傭，應該是自許為書做傭保，這是老師平生志業所在，也是記實。屈老師沒有顯耀的學歷，完全是自學苦學出身，早年在山東，被當時山東圖書館館長王獻唐先生賞識，羅致在館中工作，來台後一直也擔任與圖書有關的事務，除了在中研院之外，還曾擔任國立中央圖書館館長一職。

一九九六年夏天我在美國，曾與幾位友人參訪普林斯頓大學的葛思德東方圖書館，接待我們的圖書館館員領我們參觀所藏，我突然在書架的一角看到一個不很起眼的小鏡框，裡面是一張屈先生的黑白照。我知道屈老師曾趁一年休假，被邀到普大來幫他們整理中國圖書，一九七五年，普大出了部《普林斯頓大學葛思德東方圖書館中文善本書志》，便是署名屈先生所編。我請朋友幫我在屈老師的相下拍張照片，領我們參訪的館員有些奇怪，因為那裡不很光亮，說不是適合照相的地方呀。我告訴她我是照片裡屈老師的學生，想不到照片剛一拍完，圖書館館長聞訊奔來（抱歉我忘了他的大名），說屈先生幫圖書館編目時他也在邊上幫忙，也算是屈先生的學生，便以「同學」稱我。他興奮得不得了，除了讓我參觀他們不常示人的宋刻本《磧砂大藏經》之外，還拿出一件他認為是葛思德圖書館的「鎮館之寶」來。那件寶貝放在一平面的盒子裡，裡面是一件已有些褪色的夾袍長衫，仔細一看，衫上裡裡外外用毛筆寫滿了小字，一共有一百多篇的八股文，原來是以前科舉考試時考生帶進考棚的小抄。我們一看大驚失色，這下子丟人真丟到外國了，但館長笑嘻嘻的說，不是因為遇到屈老師學生的緣故，這個寶貝，還不拿出來的呢。

我在《記憶之塔》有篇〈台大師長〉的文章，其中寫了些有關屈老師的回憶，此處便不再重複，回頭來談上面所引的〈病中雜咏〉。屈老師是一個板著面孔十分「正經」

的古文字專家、也是經學家與版本目錄學家，都是很「硬」的學問，他平生很少寫詩，也少記個人性情的文章，而這五首詩，卻也寫得不俗，可能對生命的感悟既深，自然流出，便具有感人的力量。寫古詩的喜歡寄託，很多事不明說，有些更愛用典，用以馳騁學問，但屈老師的這五首詩，大多採白描手法，讓人覺得親切有味，只在第二首「操觚欲達銜環意」中，用了「銜環」一典。「銜環」一詞來字《續齊諧記》，內容記楊寶少時曾搶救一黃雀，黃雀傷癒飛走後託夢給他，謂是西天王母之使者，便銜白玉環以報的故事。銜環便是致謝報恩的意思，其實這典故很普遍，對熟習中文的人而言已不算用典了。

還有第四首的「土饅頭」，這不算用典，而是引俗語入詩。北方人常把墳墓比喻為「土饅頭」，這個比喻很好，一是很象形，土葬墳墓隆起確實如饅頭，二是用了反面的象徵手法，饅頭是北方人的主食，所以是生存的條件，是活著的象徵，而把墳墓說成饅頭，豈不是說所有生命的朝向，都直逼死亡呢？或者是指死亡才是生命的原始？這幽默有點慘淡，但從「齊物我、一死生」的角度看，也不能說不是事實。

我記得老師過世後，公祭儀式在第一殯儀館的景行廳舉行，我們博士班學生都義務在典禮中擔任工作。我負責的是簽名處的事，簽名的地方很亂，很多「大老」級的人擠來簽名，一度把大幅的簽名布擠掉了，我只得到桌前把它重新鋪起，這時候有人在後面撞我，我沒回頭大聲叫：「不要擠，讓我先把布鋪好。」等我鋪好了回到我位置，發現撞我的是一位矮個子又禿頭的老先生，他用毛筆恭謹的在白布上簽下他的名字，一看原來是交卸總統職務不到一年的嚴家淦先生。

當天來的人很多，可以說冠蓋雲集，照新聞上的說法，是過世者的「哀榮」。我在行禮到最高潮的時候，趦進遺照後方用帷幕圍著的地方，想看老師最後一眼，屈老師的棺木在那兒，那時裡面空無一人。我看著被粉塗白其實已變成鉛黑的屈老師的臉，眉毛依舊是濃又深鎖著的，這位苦學成名樸實無華的人，終於過去了。我記得他曾在一個很小的場合，無意的對我流出一些賞識的感情，那偶爾流露出的感情對他也許微不足道，卻一直令我感動莫名。他一生顛沛，但無礙他做學問，他兩度擔任台大中文系主任，在「學術圈」也坐過更大更高的位置，他對文字學、經學與文獻學都有很大的貢獻，那些東西大家都知道，無須我多說。吸引我注意的是在他棺木的一側，貼有一張白紙條，上面用簽字筆很草率寫著「屈萬里」三字，那是殯儀館為怕拿錯遺體所寫的名條，沒有名銜與敬稱，也不用字號，就直端端的寫著死者身分證上的名字。那三字不須好好寫，他們也寫不好，等下釘棺木時也許就扯下，或者不扯，把蓋子合上便沒人看到了。什麼主任，什麼院士、所長或館長，還有學術上的榮稱與光環都沒有了，對於安排葬儀的人來說，這只是個等待處理的遺體罷了。「屈萬里」三個字讓我想到人到死亡，便又回到一無所有的原始。

過了三十多年了，我想到我在喪禮的最後所見，仍然有些震動。屈老師的詩解釋過了，「漢武秦皇求藥遍，依然一個土饅頭」，這跟老杜在〈閣夜〉詩中「臥龍躍馬終黃土，人事音書漫寂寥」的句子給我同樣的感受。老杜最敬佩的古人可以算是諸葛亮了，他有很多詩提起，詩中「臥龍」指的便是諸葛亮，而「躍馬」是指在西漢時曾趁亂據蜀自稱白帝的公孫述，左思〈蜀都賦〉有：「公孫躍馬而稱帝」句，在老杜心中，公孫述自不能與諸葛亮相比，卻說「臥龍躍馬終黃土」，是表示世上不論賢愚，終歸消亡的意思。

繁華盡落，崖盡水枯，有關生死的真相一直在那裡的，只是平日我們看不見罷了。

（後記）

琥珀裡的時間

這書裡的文字有點像裝在盒子裡的舊照片，有大有小，有彩色也有黑白，拍的時間也不同，有的清楚，有的不很清楚，大多是焦距不穩的緣故，而清楚的人物表情好像都有點僵，不是很清楚的倒顯得比較自然。

照片不是為同一目的而拍的，書中的文字也是如此。

書中所記，記人的部分稍嫌面目潦草，敘事有時治絲益棼，令人不明所指，一方面的原因是，當時所重與今天所重已有分別，另一原因是自己筆力單薄。記得吳魯芹先生早年有本名叫《師友．文章》的書，封面是他的墨寶，其中的「師友」兩字寫得比較大，「文章」兩字則刻意寫小了。他是客氣，說他描寫的老師與朋友都是「大」的，而他自己的文章則雜七雜八，只能以「小」來形容。但究其實，假如你的文筆如你說是「小」的，透過你的文筆，那些師友也自然變「小」了，而你有把師友寫「大」的本領，證明你所寫的小事也不可「小覷」。文章自古便無定論，有人視之「雕蟲」，有人擬之「經國」，懸殊之大，無與倫比。蘇東坡說過：「蓋將自其變者觀之，天地曾不能一瞬，自其不變者觀之，則物與我皆無盡也。」大小之辨，只有如是觀吧。

一天投稿某刊，登出前編輯打電話問我可不可以「台大名譽教授」稱我，我說千萬不可。她說據她所知，很多學校的退休教授都直接以「名譽」稱之，我說不然，以台大而言，這名銜是很不容易得到的，我沒此名銜，你以名譽稱我，反使我「不名譽」了，她聽了大笑。她笑得沒錯，其實在其中也真有一些可笑的成分，也有極少數的人為爭奪這名譽而做出不算很「名譽」的事，使得原本正面的事也有了歧意。在這混淆的世界，「正面」當然值得鼓勵，但有些時候，正面的含意也不那麼耐於分析，這跟分別短長、大小一樣。我想比較好的辦法是自己有定見，面對榮辱之境，還是依莊子所說「舉世譽之不加勸，舉世毀之不加沮」的最好。

再好的筆力，也有所窮。譬如愛，有的像火花，猛烈燦爛又美麗，有的不是，死守了幾十年的無言，你也不能說那不是愛。禪宗公案說：「不可說」，因為說破了便不是了，何況也說不真切，這世上還有不少事是無法騰為口說的。

有些東西，就算說得精準明確，也不見得有意義，還有凡事追求長遠、追求永恆，也有點無聊。漢代人崇尚五經，把經典刻在堅石之上，以為可以垂諸永遠，歷史稱之為「石經」，就算石經不會敗壞漫漶，能夠一字不漏的保存至今，現在又有幾個人會去看它呢？更古的時候，兩國盟約，條約上常有「帶礪河山，永矢弗諼」的文字，意思是等黃河變得像衣帶一樣的薄，泰山變得像磨刀石（礪）一樣的小，我們也發誓（矢）不忘（諼）這份盟約。問題是亙古的黃河與泰山都保不住了，那時國家還有嗎？國家已不存在，這份徒存的盟約還有意義嗎？所以記得這些，不如遺忘了好。

我又想談一些有關記憶的事，記憶與遺忘表面上看似相對，而其實是一件，至少對遺忘而言是的，因為沒有記憶便沒有遺忘。

人小的時候，通常「記性」較好，教他的事，一下子就記住了，所以小時候適合背書，把一切東西背下來放在腦中，有點像牛羊一樣，先將草料匆匆吃進肚裡，等閒下來再慢慢「反芻」，這是傳統提倡「兒童讀經」一派的主張。問題是吞下許多莫名其妙草料的兒童，長大了不見得用得到，假如不用到，原來記得的也會忘個精光。人腦有一種本能，會定時清理腦中所藏，長期不用即被清除一空，不像電腦，清除資料之前還會先問你一聲，不想清除可按下「取消」鍵，人腦是不會問你的，一切自做決定。因此「記性」固然是人的天賦，而「忘性」也附屬於其中，記憶與遺忘是一個整體的。

還有一種遺忘是疾病。我最近看一項資料，是談有關阿茲海默症（Alzheimer's Disease）的，讓我印象很深。

阿茲海默症是一種「主司」人的忘性的病症，得此病的人大多是六十五歲以上的老人，據統計，世上六十五歲以上的人有十分之一患此症。這種疾病的起因是兩種異常蛋白，一個稱為斑塊（plaques），一個稱為纏結（tangles），這兩種蛋白質會聚集腦中，殺死腦細胞，原因為何，迄今尚無人知。

病情始於人腦中海馬狀突起（hippocampus）處，那是主司人短期記憶的地方。當人的海馬狀突起被破壞，患者便越來越難記得最近幾小時或幾天前發生的事。之後，更多的斑塊與纏結不斷擴散到腦的其他部位，所到之處，殺死腦細部，破壞腦功能。

後來病情延伸到腦部處理語言的區域，這時的病人會越來越詞不達意，接下來，疾病又會發展到腦的前方，這裡是腦中處理邏輯思維的地方，病人會漸漸的失去解決問題、理解概念，或者做生活中大小計畫的能力。之後斑塊與纏結會轉移到腦中調節情緒的區域，這時病人對於情緒或感覺，都會出現失控，再不久，疾病會蔓延到腦中產生視覺、聽覺和嗅覺的區域，到了這個階段，人的感官能力逐漸被剝奪，人會產生幻覺，最終，斑塊與纏結會抹去人的最早期又最珍貴的記憶，這些記憶存在人腦的後部。

當然當所有記憶都被抹去，再也沒感覺與判斷能力之後，「人」是否還能算人，已經成為問題了，但軀殼還在，法律上的生命意義還延續著。接下來，人的平衡與協調能力也被破壞，當人的呼吸和心臟功能也逐漸消失了過後，人就真得面對法律定義中的「死」了。

一切都緊鑼密鼓持續的進行著，卻密不透風的一點都不讓人立即察覺。這種病的發展，由輕度健忘到最後死亡，是個持續又緩慢的過程，一般發生在八到十年之間，這麼說來，心肌梗塞或被車撞得粉身碎骨的人比它幸福得多，因為不消幾分鐘便死了，而阿茲海默的死，得拖很久，一點一點的照它規矩來，不會省去任何步驟，該算是人類最殘酷的死亡過程了。

原來「記得」很辛苦，「忘了」也很難過。越說越低暗，就不說了吧。

回過頭來談談這本小書，書中所寫，只是個人的記憶，是否有價值不敢斷定，只能說寫在裡面的大約都是真實存在過的小事。我到過一些其他的地方，看過不同的「文明」，但旅行並不是我的志趣所在，我一生都在一個很小的世界中，我在意的事，也以小的居多。我對所有「偉大」的事都有些懷疑，偉大有時製造假象，有時被假象擺布，不可信的居多，而小事總是沒人管它，任它在一角自生自滅，小人物無法製造假象，也無法擺布別人，反而容易存真。書中幾位人物的描寫，就算他有「偉大」的成分，我也不很注意這一層面，而是注意他比較細瑣微小的部分。

我相信，萬一有偉大的話，偉大也都藏在細節裡，沒有細節，再大的事業也無可觀了。

一塊淚滴樣的瑪瑙，裡面藏著一隻像螞蟻一樣的小蟲，那是為世界保留的一點點的記憶，幾千萬年之前，小蟲被松樹的汁液包裹的那一刻，最早的人類還沒有出現呢。

總會熱鬧一陣的，世事都是這樣，到後來籠子空了，鳥都飛走了，遊戲場的兒童也都成了老人，口袋裡的小錫兵，變得殘臂斷肢的，只能等著把它熔成錫塊了。像這樣的場面，人活得夠久，就必須面對，張瑞芬說：「有的記得，有的忘了」，或應詮解為「有的記得」，只恨忘不掉，「有的忘了」，卻是忘了好。她說得真好，但她又說：寫出來就兩清了，既不幸負往事，也安慰了自己。這話我有點懷疑，我不知道她說的「兩清」，我到底清了沒有。大江無風，濤浪自湧，怎麼說呢？表象與內容，從來就是有很大的差距的。

二〇一六年五月八日　記於台北永昌里舊居

INK PUBLISHING

文學叢書 499

有的記得，有的忘了

作　　者　周志文
總 編 輯　初安民
責任編輯　陳健瑜
美術編輯　黃昶憲　陳淑美
校　　對　吳美滿　陳健瑜　周志文

發 行 人　張書銘
出　　版　INK印刻文學生活雜誌出版有限公司
新北市中和區建一路249號8樓
電話：02-22281626
傳真：02-22281598
e-mail：ink.book@msa.hinet.net
網　　址　舒讀網http://www.sudu.cc

法律顧問　巨鼎博達法律事務所
施竣中律師
總 代 理　成陽出版股份有限公司
電話：03-3589000（代表號）
傳真：03-3556521
郵政劃撥　19000691　成陽出版股份有限公司
印　　刷　海王印刷事業股份有限公司

港澳總經銷　泛華發行代理有限公司
地　　址　香港新界將軍澳工業邨駿昌街7號2樓
電　　話　852-27982220
傳　　眞　852-27965471
網　　址　www.gccd.com.hk

出版日期　2016年7月　初版
ISBN　978-986-387-107-1
定價　280元

國家圖書館出版品預行編目資料

有的記得，有的忘了
／周志文 著：－－初版，
－－新北市中和區：INK印刻文學，2016. 07
面：14.8 × 21公分. --（文學叢書：499）
ISBN 978-986-387-107-1（平裝）
855　105008965